— 書き下ろし長編官能小説 —

癒やし女と昂ぶり女

伊吹功二

竹書房ラブロマン文庫

目次

この作品は、竹書房ラブロマン文庫のために
書き下ろされたものです。

第一章　充希と拓馬の青春グラフィティ

うららかな春の陽射しが下町を照らしていた。狭く入り組んだ路地に人影はなく、身を寄せあうようにして建ちならぶ家々も、午後の惰眠を貪るかのごとくひっそりとしている。

そこに一人、町並みにそぐわないスーツ姿の男が歩いていた。足取りは重く、アタッシェケースを持つ側に体が傾いでいる。スラックスには皺が寄り、踵のすり減った革靴は一度も磨いたことがないかのように薄汚れていた。

秋本拓馬は飛びこみセールスマンだった。この日も朝から散々歩き回ったが、まるで成果はあがらず、心身ともに疲れきっていた。

彼が売るのは、主に健康補助食品であった。昨今の健康ブームによりサプリメント業界の需要は右肩上がりだが、各社が競いあうなか、すでに市場は飽和状態にある。

そこで彼の勤める会社は法人に目をつけた。売り方を変えたのだ。従業員の福利厚生の一環として、医師監修のもと一連のプログラムを組んだものをセット販売したのである。従業員のＱＯＬ（クオリティ・オブ・ライフ）、すなわち生活の質を向上させることにより企業の生産性アップも図れる、というのが売り文句であった。

しかし、そうしたご大層な理念も下町では通用しない。拓馬が飛びこむ先は、従業員が十人以下の零細企業や町工場、商店などであった。不景気で食べるのもやっとという小さな会社にとって、サプリの需要などゼロに等しかった。

おのずと拓馬の営業成績はふるわなかった。一応固定給はあるものの、それだけで生活はできない。歩合を稼がなければならないのだが、行く先々で胡散臭い目で見られ、邪魔もの扱いされ、野良犬みたいに追い払われるうち、次第に気力は萎えていった。

拓馬は萎えた脚を励まして歩く。だが、もはや飛びこむ勇気はなかった。住宅が密集するあいだに町工場があるが、そこも通り過ぎてしまう。給料日まであと十日あるが、財布には数千円しか残っていない。昨日の昼から何も食べておらず、腹が減っていた。最悪試供品に手をつけることも考えたが、食べでのある商品はすでに配り終えたあとだった。

もうダメだ。もはや彼の脚は意味なく動いているだけだった。路地から路地へと目的もなく歩いていると、小さな公園があった。幸い誰もいないようだ。彼は吸い寄せられるように園内に入り、しばし休息を取るためベンチに腰を下ろした。

「俺は負け犬だ」

拓馬が現在の会社に勤めだしたのは、今から三年前のことだった。高校卒業後、彼は流通関係の企業に就職したが、倉庫での商品管理の仕事に嫌気が差し、二年ほどで退社してしまった。

それからしばらくアルバイトで糊口（ここう）を凌（しの）いでいたが、飽きっぽい性格でどこも長くは続かなかった。比較的続いたのは、二十三歳のときに勤めた運送会社だ。小さなトラックで決まったルートを配送する仕事だった。そこで彼は年上の先輩女性ドライバーといい仲になり、遅い筆おろしを果たした。

転機が訪れたのは二十六歳の時だった。運送会社は居心地がよかったが、正社員になるつもりはなかった。自分のいるべき場所はほかにある。根拠のない自信が若い彼を動かしたのだ。このままではいけないと思いはじめたのだ。

学歴もキャリアもない彼は、トップセールスマンの仕事に憧れた。次に歩合給のよさそうな会社を探した。それが、現在勤めている健康食品メーカーの株式会社ジャパンヘルスライフ（ＪＨＬ）であった。

ペンキの剝げたベンチで拓馬は打ちひしがれていた。会社に手ブラで帰れば、また上司からたっぷり小言と嫌味を浴びせられるだろう。同僚や内勤ＯＬたちの冷たい視線がさらに追い打ちをかけるのだ。どこにも安らぐ場所はなかった。いっそ逃げ出したいとも思うが、その気力さえ失っていた。

やがて彼は鞄を枕にしてベンチに横たわる。座っているのすらしんどかった。公園の外を自転車の主婦が通りがかり、彼を胡散臭そうに眺めるが、もはや人目など気にしていなかった。いつものことだからだ。陽は射しているが、春先のことで風が吹くと薄ら寒い。彼はスーツの襟を掻き合わせ、惨めな思いを胸に抱きつつ、このまま目覚めないことを願いながら、いつしか眠気に負けていた。

どこか遠くから呼びかける声がする。拓馬は最初夢の出来事かと思うが、執拗な呼びかけに少しずつ意識を取り戻していく。

「大丈夫ですか。起きてください」

「う……うーん」

彼は口のなかで呻き、ようやく目を覚ました。

「こんなところで寝ていたら、風邪を引きますよ」

声は意外と近かった。まぶたを開くと、目の前に天使がいた——いや、若い女性だ。

彼女はベンチのそばにしゃがみこみ、彼を気遣わしそうに見つめていた。

「大丈夫ですか。どこかお加減でも悪くされました？」

「あ。いえ、その……」

拓馬は口ごもりながら答える。目はすっかり覚めていたが、まだ夢を見ているのかと思った。それほど美しく愛らしい女性だったのだ。前髪を斜めに下ろしたショートボブは軽やかに卵形の輪郭を縁取り、小さな顎と細い首を際立たせていた。くりっとした二重の目は瞳が大きく、優しげな眉と長いまつげに飾られている。小鼻の形もかわいらしく、唇は慈しむような笑みを浮かべ、温かみを感じさせた。

しゃがんだ女性は、膝に両手をおいて話しかけてきた。

「よかった。あまり反応がなかったから、救急車を呼んだほうがいいかと思いはじめていたところだったんですよ」

「すみません。その——ご迷惑をかけたみたいで」

「いいんですよ。ご病気じゃないとわかって、ホッとしました」

彼女は言うと、彼に向かってニッコリと微笑みかけた。

拓馬はその笑顔に胸を衝かれながらも、徐々に周囲のようすに気がつきはじめる。

彼女の背後では、幼い子供たちが元気な声をあげて遊んでいた。ほかにもエプロンを着けた女性がいて、子供たちの相手をしている。そして目の前にいる女性もまた、かわいい絵柄がプリントされたエプロンを身に着けていた。どうやら彼女は園児を連れてこの公園に訪れた保育士らしい。そこへスーツ姿の怪しい男がベンチで眠っていたのだ。警戒するのも無理はない。そういえば、後ろにいる保育士の女性は子供の相手をしつつ、ときおり不審そうにチラチラとこちらのようすを窺っている。

「すみません、俺――決して怪しい者ではなく……」

急に恥ずかしくなった拓馬はベンチに起き上がる。それまでずっと横たわったままだったのだ。

しかし、彼女は臆するふうもなく言った。親切な女性を怖がらせたくなかった。

「気になさらないで。本当に心配だっただけだから」

「ちょっと疲れてしまったもので、つい」

「ええ。誰でもそういうときはありますから」

彼女は言いながら立ち上がり、そのまま行こうとする。

ところが、そのとき拓馬の胃がぐうと鳴った。

思いのほか大きい音に、親切な保育士は足を止める。

「あら……」

「あ。いや、これは……」

拓馬はバツの悪い思いに口ごもってしまう。

すると、彼女は明るい笑い声をたてた。

「ごめんなさい。笑ったりして」

「いいえ。しょうがないやつなんです、こいつ。女性の前で」

彼はおどけてお腹をさすってみせた。笑われても、ちっとも嫌な気持ちはしない。

彼女の朗らかさは天性のものらしく、下手に気遣われるよりも、こちらの気を楽にさせてくれた。

さらに彼女は続けた。

「あ、そうだ――」

思い出したように言うと、エプロンのポケットを探りだす。取り出したのは、市販のプロテインバーだった。

「よかったらおひとつどうぞ」

「いえ、そんな……」

拓馬はとまどう。いくら空腹だったとは言え、見ず知らずの女性に食べ物を施されるのは気が引ける。

だが、彼女は半ば強引にバーを彼の手に押しつけてきた。

「気にしないで。じつを言うと、仕事の合間にこっそり食べる用なの」

冗談めかして言うことで、相手に気遣わせないようにしているのだ。

「ありがとう」

拓馬は素直にお礼を言ってバーを受け取った。笑みを浮かべようとするが、彼女の親切に胸がいっぱいになり、思わず涙が溢(あふ)れそうになる。

「じゃあ、遠慮なくいただきます」

それが、白石充希(しらいしみつき)との出会いだった。

拓馬は公園でのことを忘れることができなかった。もう一度会いたい。仕事中もそのことばかり考えていた。だが、彼は保育士の名前も知らなかった。

その思いが天に通じたのか、それから二日後に好機は訪れた。

拓馬は相変わらず下町を回っていた。その日は珍しく契約(けいやく)にこそ至らなかったものの、数件の見込み客を獲得し、足取りも軽かった。

そうして住宅地を歩いているとき、保育園の前を通りがかったのだ。

「あれは……」

いた。拓馬の目は例の保育士に吸い寄せられる。園庭では子供たちがお遊戯を終えたところだった。あの時と同じエプロンを着けた女性は、穏やかな微笑みをたたえて「よくできました」と園児らを教室へ誘導しようとしていた。

拓馬は金網フェンス越しに彼女を見つめていた。足はピタリと止まって動こうとしない。すると、向こうでもこちらに気づいたらしく、「あ」という形に口を開けて驚いた顔をする。

彼はおずおずと片手をあげて挨拶をした。うれしい反面、心はざわめき、落ち着かなかった。迷惑に思われるのではないだろうか。

ところが次の瞬間、彼女は満面の笑みでこちらに近づいてきたのだ。

「こんにちは。お仕事ですか」

「え、ええ……。あの、先日はどうも」

「いいお天気ですね。今日はとてもお元気そうで」

「おかげさまで——あ、そうだ」

拓馬は思いたつと、アタッシェケースから試供品をいくつか取り出した。

「これ。うちの商品なんですけど、先日のお礼に。よかったら皆さんで召し上がってくださいﾞ」


「まあ。でも、売り物なんでしょう？　悪いわ」

彼女は遠慮する素振りを見せるが、今度は拓馬が強引に勧める番だった。

「サンプルなんです。どうせ配って歩くものだから、どうぞ」

「そうですか。なら、遠慮なくいただきますね。ありがとうございます」

フェンス越しに手渡されると、彼女は包装のラベルを読んだ。

「プロテイン――クッキーですか」

「ええ。じつは僕、健康補助食品のセールスマンなんです――あ、でも売りつける気はありませんから。あくまで先日のお礼のつもりで」

拓馬は慌てて言い添えながらも、佇む彼女の姿に見惚れていた。商品を持つ両手は小さく、細い指先は桜色の爪がきれいに切りそろえられている。

鼓動が耳の奥で高鳴っていた。

「あ、味は保証します。僕もよく食べているから」

彼が言うと、彼女も疑ってはいないというように頷いた。

「あとで、お三時にほかの先生方といただきますね」

「ぜひぜひ」

それ以上話すことはなかった。だが、このまま立ち去ってしまえば、もう二度と彼女に会う理由はなくなってしまう。拓馬は一世一代の勇気を振り絞って言った。

「あの、もしよかったらなんですけど……。僕と、そのう……、一度食事に行ってもらえませんか」

出会った状況を思えば、デートの誘いなど聞いてもらえるはずもなかった。自分のようなうらぶれた男が、彼女みたいな愛らしい女性に相手をしてもらえるとは到底思えなかった。

だが、彼女は悩む素振りも見せずに言ったのだ。

「ええ、喜んで。わたしでよければ」

彼女は笑顔で承諾してくれた。拓馬は有頂天だった。これまで負け続けだった人生に、ひと筋の光が射したようだった。

あまりに緊張していたせいか、デートの約束を取り付けてから、ようやく充希の名前を訊ねたほどだった。彼らは連絡先を交換し、その日は別れた。拓馬は夢見る思いだった。

それからふたりはデートを重ねた。充希は、拓馬がブラック企業に勤めるダメ営業マンでも気にしなかった。彼女は拓馬といるのが楽しいのだと言った。三回目のデートのとき、夜景を見ながらふたりは初めてのキスをした。充希の唇は柔らかかった。拓馬が唇を離し見つめると、彼女は感激のあまり目に涙を浮かべているのだった。

つき合いはじめて三か月が経ったころ、充希が拓馬の自宅で夕食を作ってくれることになった。その日は彼の誕生日だったのだ。彼女がアパートに来るのは初めてのことだった。まだキスより先には進めていなかったが、ふたりはすっかり恋人同士になっていた。充希は慎重な女性で、拓馬としては、ようやくここまでこぎ着けたという思いだった。

「あー、美味(うま)かった。こんなに美味い手料理を食べたのは初めてだよ」

「お粗末さま。きれいに食べてくれて、作った甲斐があるわ」

ローテーブルには空いた皿が並んでいた。充希はしっかりした家庭で育った娘らしく、手際よく作られた料理はどれも味がよかった。

彼女はいったんキッチンへ立つと、冷蔵庫からケーキを持って戻ってきた。

「じゃーん。いよいよメインイベントでーす」

「待ってました」

拓馬は手早くテーブルの上を片付け、ケーキの置き場所を作る。その間に彼女がロウソクをたて、部屋の明かりを消した。

「二十九歳のお誕生日おめでとう、拓（たつ）くん」

「ありがとう、充（みつ）ちゃん」

ロウソクの火に照らされて、ふたりは笑みを交わす。二十六歳の充希とは、これで三歳違いになったわけだ。

「さ、吹き消して」

「うん」

彼は感無量だった。こんなふうに恋人と誕生日を過ごすのは初めてだった。

「せーの――ふうーっ」

「やったー。おめでとう」

「うわ。真っ暗になっちゃったな」

「ホント。全然見えない。拓くん、明かり点（つ）けて」

「よしきた」

拓馬は立ち上がり、手探りで壁のスイッチを入れる。

ふたたび部屋が明るくなると、充希が歌いはじめた。

「ハッピバースデー、トゥーユー。ハッピバースデー、トゥーユー」

日頃園児たちに歌って聞かせているだけあって、彼女の歌声はやさしく温かみがあった。

「ハッピーバースデー、ディア拓くーん」

歌いながらも充希は立って、玄関脇に置いてあった包みを持ってくる。

「ハッピバースデー、トゥーユー――。はい、プレゼント」

「ありがとう。何だろう」

誕生日用にリボンをかけられた包みは意外と大きかった。にこやかに見守る充希の前で包装を解くと、中身は新品の革靴だった。

「うわあ、格好いいなこれ。うれしいよ」

拓馬は感激し、靴を手に取ってしげしげと眺める。充希は言った。

「喜んでもらえてよかった。その靴ね、見た目より歩きやすいのよ」

「うん。本当だ」

ソールを改めると、スニーカーのような柔らかい素材でできていた。デザインもいい。だが、何より彼女の気持ちがうれしかった。彼女は、彼の仕事用の革靴がいい加減くたびれているのに気づき、彼のためにプレゼントを選んでくれたのだ。

しかし、スポーツブランドの最新シューズだ。そこら辺の安物とはちがう。保育士の給料が決して高くはないのを知っている彼は心配になり訊ねた。

「けど、これ結構高かったんじゃない？」

　すると、充希は少し恥ずかしそうに言った。

「そんなこともないけど――本当言うとね、いつかこんなときがあったときのために、五百円玉貯金をしていたの」

「こんなとき、って？」

「だから、拓くんみたいなカレシができたときのためよ。そんなカレができるかわからないうちから準備したりして、変でしょ」

「いや、ちっとも変なことなんか――」

「それに今回は半分も使ってないのよ。安心して」

　なんていじらしいことを言うのだろう。拓馬は胸がいっぱいになり、たまらず彼女を抱き寄せた。

「大好きだよ、充ちゃん」

「わたしも」

　充希の顔が上向き、おのずとふたりの唇が重なりあう。

　拓馬の抱く手に力がこもった。

「充希——」

鼓動を高鳴らせ、彼は愛する人の目を見つめる。

「もうひとつ、プレゼントが欲しい」

その意味はひとつしかない。彼は心から彼女が欲しかった。

すると、充希が消え入りそうな声で答えた。

「うん。わたしも、今日はそのつもりだったから」


拓馬は部屋の明かりを暗くすると、ベッドへ向かう。そこにはすでに服を着たままの充希が横たわっていた。

「これくらいでいい？」

恥ずかしいから照明を落としてくれと言ったのは彼女だった。彼は寄り添うように横たわると、肘を立てて彼女を見つめた。暗いことは暗いが、なんとか相手の顔は見分けられる。

「うん」

充希も緊張しているようだ。初めての夜なのだから当然だろう。

やがて拓馬は顔をそば寄せキスをした。

「充希……」

「ん……」

すぐに向こうからも強く唇を押しつけてきた。キスだけなら、もう何度となくしているのだ。彼が歯のあいだから舌を伸ばすと、彼女の顎も自然と開いた。

唾液をたたえた舌が情熱的に絡みあう。

「んふう、んんっ」

「ちゅぱっ、れろっ」

拓馬は細い肩を抱き、夢中で口内をまさぐった。思いは募り、出会ってからこれまでのことが走馬灯のように駆けめぐる。

「ああ、充希ぃ」

三か月待った。ついにこの日が来たのだ。すでに女性経験はあったものの、愛した女との初のまぐわいを前に、興奮は募るばかりだ。キスを解いた彼は、彼女のうなじに顔を埋めて甘いシャンプーの匂いを嗅いだ。

「ふうっ、ふうっ」

充希も昂ぶっているようだった。呼吸が浅くなっている。

やがて拓馬は耳の後ろに舌を這わせた。

とたんに彼女がビクンと震える。

「んっ」

「ハァ、ハァ」

拓馬は息を荒らげ、馥郁(ふくいく)たる香りを吸いながら、小さな耳たぶを嚙(か)み、さらに耳の内側の溝をなぞるように舌を這わせていく。

すると、充希はくすぐったそうに身を捩(よじ)らせた。

「はうっ、拓馬……」

だが、その間にも彼の手はキャミソールの肩紐にかかっていた。彼女のすべてが見たい。愛情は欲望となって彼を突き動かしていた。

この日、充希はTシャツの上にキャミソールワンピースを着ていた。彼女のショートボブに似合うカジュアルなスタイルだ。いったん起き上がった拓馬は、華奢(きやしや)な肩から紐をずらし、尻を持ち上げさせて足からそれを抜き取った。

Tシャツ一枚になった充希は、恥ずかしそうに両手で裾を伸ばして下着を隠そうとする。

「拓くんも脱いで」

「わかった」

自分だけ脱がされるのが照れ臭いのだろう。理解した彼は起き上がり、手早くパンツ一枚になる。全部脱がなかったのは、勃起した逸物をいきなり見せるのは何となく気が引けたからだ。股間はテントを張っていた。

一方、充希も横たわったまま自分でTシャツを脱いでいた。上下ともピンクのランジェリーは小さなリボンが付いていた。自身で言ったとおり、今日はそのつもりだったのだろう。彼のためにセットアップの下着で準備してきたのだ。

「すごくきれいだ」

拓馬は感動していた。初めて目にする充希の肢体は完璧だった。比較的小柄で細身な彼女だが、脱ぐとしっかり女らしいボディラインを描いていた。ブラに包まれた膨らみは丸みを帯びて盛り上がり、ウエストにはくびれがあって、骨盤からまた広がりを見せて太腿へと続いている。彼女は着痩せするタイプだった。

「そんなに見られたら恥ずかしいよ」

熱く滾る男の視線に耐えかねたのか、充希は口を尖らせた。しかし、その羞恥の仕草がかえって彼の欲望を煽りたててくる。

「充希いっ」

拓馬は身を伏せ、両手でブラの膨らみをつかむと、谷間に吸いついた。

「ちゅばっ、んばっ。あああ、いい匂いだ」

「あっ、拓くんダメ。いきなり――」

激しい愛撫に充希の手が彼を押しやろうとする。だが、すぐに考えを変えたかのように、今度は彼の頭を抱きかかえてきた。

「ふうっ、ちゅばっ。充希ぃ」

拓馬は夢中で汗の匂いを嗅ぎ、きめ細やかな肌を舐めた。両手はブラの上から双丘を揉みしだくが、やがてそれでは物足りなくなり、指先を滑りこませて片方の乳房をカップから引っ張り出してしまう。

「あっ。イヤ……」

突然のことに充希はたじろぐ。一方、拓馬の目はピンク色の乳首に注がれていた。たわんだ乳房の突端に愛らしい尖りが実っている。

「充希っ」

彼は覆い被さり、乳首を口に含んだ。

「ちゅぽっ、ちゅるるるっ」

舌で転がし、吸いたてる。小粒な実は口のなかで愛撫されるにつれ、みるみるうちに固くなっていった。

「ああん、拓馬のエッチぃ」

充希は甘い声をあげて彼の行為を詰(なじ)る。ブラジャーの肩紐が滑り落ちて二の腕に引っ掛かり、片乳だけあらわにされた姿は淫(みだ)らであった。

「お願い。ねえ、こんなのイヤ。ちゃんと脱がせてちょうだい」

彼としてはこのままでもよかったが、彼女からすれば、あまりに淫乱(いんらん)なように思えたのだろう。充希の真面目な性格が、こんなところにも表れていた。

重ねて請(こ)われ、拓馬も「わかった」と言い、背中のホックを外した。

だが結局のところ、それで双丘が全貌を現すことになったのだ。

「なんてきれいなんだ」

拓馬は賛嘆の念を禁じ得ない。普段の充希はカジュアルな服装が多く、体のラインをあまり見せなかった。そのせいで気づかなかったのだが、彼女は意外と巨乳だったようだ。Ｅ、もしくはＦカップはあるだろうか。張りのある乳房はブラがなくても形が崩れず、白い肌にうっすらと静脈が透けて見える。ふたつ並んださまは、自然の作りあげた、まさに偉大な芸術作品であった。

「ふうーっ」

感動に彼はため息をつき、双丘に両手をあてがう。手に余る大きさだ。彼は昂(たか)ぶりを覚えつつも、壊れ物を扱うように繊細な手つきで揉みしだいた。

「ふうっ、ふうっ。んっ……」

充希は浅い息を吐きつつも、彼に身を委ねていた。安心しきっているようにも見える。中途半端な格好でいるよりも、やはりこのほうがいいようだ。

拓馬は乳房を円く揉みつつ、ふたたび乳首に吸いついた。

「ちゅばっ、んばっ。ちゅううう」

「あんっ、んっ」

「はむっ……れろっ、みちゅぱっ」

柔らかい膨らみを揉み寄せるようにし、彼は左右交互に吸い転がした。

「はうっ、んんっ」

しかし、どうにも充希の反応は鈍い。小さく喘ぐところを見ると、感じてはいるようだが、どこか自分を抑えつけているようでもある。

拓馬も、二十六歳の彼女が処女だという幻想は抱いていなかった。以前それとなくではあるが、つき合った男がいたという話も聞いている。彼女みたいないい娘なら当然だ。

それでもセックスに関しては、かなり保守的であるのは窺われた。彼自身、経験が少ないことをどこか引け目に感じていたから、ウブな充希を発見したのは、むしろ喜ばしいことであった。

「好きだよ、充希」

彼は顔を上げて唇にキスをした。

すると、充希もキスに応じながら思いを吐露(とろ)する。

「わたしも拓馬が好き。ずっと離さないで」

「離すもんか。あああ、充希――」

熱い思いがこみ上げ、彼の手がパンティのクロッチに伸びる。

指先が触れたとたんに充希はビクンと震えた。

「あんっ……」

「ふうっ、ふうっ」

拓馬は彼女の顔を見つめながら、柔らかい土手を弄(いじ)った。指で溝をなぞるように這わせ、また揃えた指先を振動させて中を刺激した。

「これ、気持ちいい？」

「うん……あっ、うふうっ」

敏感な箇所を愛撫されると、充希は呻くような声をあげた。うなじから耳までを赤く染めて、ときおり下唇を噛むような表情を見せる。

拓馬の肉棒は疼(うず)きつづけた。ウブな充希はかわいいが、彼の抱く劣情を彼女ともっと分かちあいたい。

「ううう、かわいいよ充希。食べてしまいたい」

彼は囁きつづけながら、指先をパンティの裾から潜りこませた。

「はううっ、拓馬ぁ……」

身をくねらせた充希の太腿が閉じようとする。

割れ目はぐっちょりと濡れていた。指に触れる媚肉(びにく)は柔らかく、ぬめった花弁がくちゅくちゅと湿った音をたてる。

拓馬は秘部をかき回した。

「ハア、ハァ」

「あっふ……んあ……んふうっ」

すると、充希は胸を大きく上下させながら、手探りで彼の顔を引き寄せようとした。

「拓馬……あああ、キスして」

「いいよ」

彼は応じ、キスをする。そうしながらも指先を鉤型(かぎがた)に曲げ、包皮に隠れた敏感な部分を刺激した。

「んはあっ、だめえっ」

愉悦に堪えきれなくなった充希がキスを解いて喘いだ。目を閉じて顔を真っ赤にしている。

抑制の壁は徐々に崩れかけているようだ。彼女の反応に気をよくした拓馬は、ベッドでの位置を変えてパンティを脱がせにかかる。

「お尻を上げて」

声をかけると、彼女も素直に言うとおりにする。ピンク色の小さな布きれが、くしゅくしゅになって足首から引き抜かれた。

「ああっ……」

一糸まとわぬ姿となった充希が観念したように息を漏らす。

その間にも拓馬は彼女の太腿のあいだに割って入った。

「これが充希の──」

恋人の秘部を目の当たりにし、彼は感動と興奮に包まれていた。割れ目は濡れそぼり、寛いで中身を見せている。露出した粘膜はあざやかなピンク色をしていた。土手に戴いた恥毛は薄く、腿の内側はつるつるだった。

拓馬は太腿を抱えるようにして、深々と恥臭を吸いこんだ。

「あああ、充希のエッチな匂いがする」

「ああん。そんなとこ、クンクンしないで」

羞恥に駆られた充希は逃れようとするが、彼の手にがっちりと捕らえられて身動きできない。

もったりする牝臭に拓馬は興奮し、頭がカアッと熱くなる。前の彼女と別れて以来、三年以上ぶりの女性器だ。しかも、相手が愛する充希となれば、こみ上げる劣情もひとしおであった。

「充希いいいっ」

彼はたまらず股間に顔を突っこみ、無我夢中で舐めたくった。

「べちょろっ、じゅぱっ、じゅるるるっ」

「はひぃっ、拓馬っ……ああん、激しい」

猛然とした舌遣いに充希はたじろぎ、無意識に尻を持ち上げる。

だが、それこそ拓馬の思惑通りだった。彼は鼻面を割れ目に押しつけ、あふれ出るジュースを舐め啜っては喉に流しこんだ。

「んまっ、ちゅるっ。充希のオマ×コ、美味しいよ」

「あふうっ、拓馬のバカぁ。スケベ」

彼の淫語を充希は詰るが、鼻にかかったその声は甘く、愛情がこもっていた。

ボディソープの淡い香りが牝臭に覆われていく。

「ふうっ、ちゅぱっ。充希、好きだよ」

愛を囁きながら、拓馬は顔中を牝汁でベトベトにした。彼女の喘ぎ声は、確実に切なさを増している。その事実が彼に自信を与えた。もっと気持ちよくさせたい。

「ああっ、んあっ、拓馬ぁ」

頭上に充希の喘ぎ声を聞きながら、彼は両手で割れ目を押し開き、牝芯を覆う包皮を舌でめくりあげるようにする。

「んあああっ、イイイッ」

とたんに彼女は高く喘ぎ、全身を緊張させた。

もう少しだ。拓馬は興奮しつつ満足感を覚える。勃起した肉芽を口に含み、舌先で転がしながら、彼は顎の下で指を蜜壺に挿入した。

「みちゅううう、ちゅぱっ」

わざと音をたてて吸いながら、挿れた指でかき回すようにする。

これにはついに充希も抑制が利かなくなったようだった。

「あひぃっ、イイッ、イッちゃう、イッちゃうううっ」

先ほどまでの羞恥をかなぐり捨て、彼女はあられもなく淫らに喘いだ。身を反らし、全身の筋肉を強ばらせて愛撫から逃れようとする。しかしうまくいかず、彼女は代わりにシーツを両手でわしづかみにし、太腿で彼の頭を締めつけてきた。

「ちゅぱっ、むふうっ。充希ぃ……」

締めつける力は思いのほか強く、拓馬はこめかみが痛くなるのを感じる。だが、舌と指で愛撫するのはやめなかった。

「イク……あああ、もうダメ。イッちゃうよう」

「イッていいよ。充希がイクところが見たい」

「あああ、でも──」

心優しい充希は、自分だけ果てるのをためらうようだった。だが、好きな男から受ける愛撫に肉体は反応してしまう。ついに彼女はベッドに頭を押しつけるようにして身を反らし、愉悦の波にさらわれるままに身を委ねた。

「んあああっ、イクうっ！」

彼女は短く声をあげると、びくん、びくんと身を震わせた。同時に蜜壺が拓馬の指をきゅっと締めつけてくる。絶頂したのだ。

「あふうっ、イイイ……」

そしてもう一度体を震わせると、長々と息を吐き、ゆっくりと脱力していった。

やがて拓馬は股間から顔を上げる。

「イッたの？　気持ちよかった？」

彼は満足感とともに、首尾を確かめるように訊ねた。

だが、しばらく充希は黙ったままだった。目を閉ざし、苦しい呼吸を整えながら、ぐったりと横たわっている。

答えが聞きたかった拓馬は少し残念に思う。しかし彼女のようすを見れば、愛撫に満足しているのは間違いない。彼はそれで納得することにし、起き上がって横たわる彼女のそばに侍り、愛しい顔を見つめた。

だが、そのときだった。

「好きよ。わたし、拓馬が大好き」

充希はふと目を開けて言うと、満面の笑みを浮かべ、両手で彼の顔を引き寄せて、ディープキスをしてきたのだ。

「大好きな拓馬。わたしをあなたのものにして」

彼女の大胆な言葉に拓馬は昂ぶる。

「ああ、俺も大好きだよ」

ふたたび劣情が燃え盛り、互いの舌を貪りあう。控えめだった彼女の態度は激変していた。彼の前で絶頂し、その痴態を見せて何かが吹っ切れたようだった。

拓馬はキスしながら、片手で自分のパンツを下ろす。

「充希……ちゅばっ」

もう我慢できなかった。口舌奉仕しているときも、パンツのなかで肉棒は今にもはち切れそうだったのだ。ようやく解放された肉棒は反り返り、鈴割れから大量の先走り汁を漏らしていた。

すると、不意に手が太竿に巻きついてきた。

「ううっ……」

充希がペニスを握ってきたのだ。

「うふうっ、拓馬……」

彼女は舌を差し出しながら、逆手(さかて)で肉棒を扱(しご)いてくる。

拓馬の全身に痺(しび)れるような快感が走った。充希が初めて自分から愛撫を仕掛けてきたのだ。物理的な手の感触はもちろん、精神的な満足感はひとしおだった。

たまらず彼は顔を上げた。

「ぷはっ——充希。脚を開いて」

「うん」

紅潮し、見上げる彼女は愛らしかった。潤(うる)んだ瞳に期待と不安が表われている。

拓馬は脚のあいだに位置を定めると、硬直を割れ目にあてがう。

「いくよ」

「きて」

見つめ合うふたりの目と目は心で繋(つな)がっていた。拓馬は胸の奥を震わせながら、ペニスを手で支え、花弁を探って約束された至福の園へと突き入れた。

「おうっ……」

「ああっ……」

肉棒はぬぷりと蜜壺に収まっていた。まるで誂(あつら)えたかのようにぴったりだ。拓馬と充希はついに結ばれたのだった。

「ああ、拓馬。わたしたち——」

「うん。うん……」

拓馬は感激のあまり言葉にならない。それは彼女も同様だった。

「拓馬ぁ。ああっ、拓馬っ」

だが、本能が彼を衝き動かした。

「充希いっ」

呼びかけるなり、拓馬は腰を振りたてる。正常位で、両手で彼女の尻を支えるようにして抽送(ちゅうそう)を繰りだしたのだ。

「ハアッ、ハアッ、あああっ」

「あんっ、んんっ、拓馬ぁ」

ピストンを受ける充希も声をあげた。彼が腰を突き下ろすたび、丸々した双丘がぷるんぷるんと揺れていた。

媚肉は盛んに愛液を吐き、ぬめりが竿肌を覆っていく。

「くはあっ、ううぅっ」

身を焦(こ)がすような悦楽が拓馬を襲う。蜜壺は狭く、太竿をみっちりとつかんで離さなかった。いつまでもこうしていたい。

一方、充希も愉悦の波にさらわれていた。

「んはあっ、あああっ、どうして——」

まるで不可解な出来事に見舞われたかのように口走りつつ、わななく細腕は彼を求めていた。

「ハアッ、ハアッ、ハアッ、ハアッ」

「あんっ、ああっ、んんっ、イイッ」

抽送のリズムは一定となり、かと思えばテンポが乱れ、性急になり、また緩慢(かんまん)になったりした。自然の要求は定常化するのを嫌い、常に微妙に変化しつづけることを好んだ。

「あああ、充希いっ」

拓馬は充希と初めて出会ったときのことを思い出す。うらぶれて公園のベンチで目覚めたとき、見出したのは愛らしい天使だった。そのときと同じやさしい瞳が、腕の下で彼を見つめ返していた。

できることなら、彼女とずっといっしょにいたい。

「充希。俺の充希——」

思いが募るとともに、体の奥底から愉悦が突き上げてくる。彼は手を太腿へと滑らせ、彼女の尻を持ち上げるようにして、さらに激しく貫(つらぬ)いた。

「うあああっ」

「あふうっ、拓馬っ……すごいいいいっ」

とたんに充希は背中を反らし、高らかに喘ぎ声をあげた。一度絶頂しているだけに、ふたたび昇り詰めていくのも早かった。

「あああっ、拓馬あっ。わたしまた……イイーッ」

「俺も……うはあっ、もうイクよ。出るよ」

「きて。一緒に……一緒にきてえっ」

充希の甘い誘惑に、拓馬のなけなしの抑制は打ち砕かれた。

「好きだ、充希っ。うあああっ、出るっ！」

嘘かと思うほど大量の白濁が肉棒から噴き出した。腰を穿ちながら、彼は頭が真っ白になっていくのを感じる。

そしてほぼ同時に充希も歓びの頂点に達した。

「拓馬っ、拓馬あっ。大好きよ——んあああっ、イクううっ！」

とっさに彼女は彼を引き寄せて、しがみついてきた。下腹部はぴくぴくと痙攣し、蜜壷はさらにたぐり寄せるように蠢いた。

「あひいっ、イイイッ」

「ううっ」

覆い被さる拓馬も呻いた。射精したはずなのに、なおも肉棒は疼く。

「あああ、んはぁぁぁ……」

やがて充希は長々と息を吐き、ようやく熱情のるつぼから解き放たれる。

抽送も収まっていた。ふたりは同時にイッたのだった。

少し呼吸も落ち着くと、拓馬は顔を上げた。

「充希――？」

「拓馬に恥ずかしいところを見られちゃった」

彼女は上目遣いに照れた微笑みを見せる。たまらず彼はきつく抱きしめた。

「かわいいよ、充希」

「拓くん、苦しいよ」

「ああ、ごめんごめん。けど、大好きだよ」

「わたしも。とおっても幸せ」

しばらくそうして抱きあったあと、ようやくふたりは体を離した。割れ目からこぼりとあふれ落ちた白濁は、幸せな愛の証（あかし）だった。その夜、充希は彼のアパートに泊まり、初めてふたりで朝を迎えたのだった。

恋人ができた拓馬は、仕事にも張りが生まれた。充希を喜ばせたい一心でセールスに励み、その月は珍しくそこそこの歩合を稼ぐことができたのだ。社内での立場も変わった。現金な上司は彼を褒めそやし、出動前には励ましの言葉さえかけてくれるようになった。同僚たちも仲間扱いして気安く声をかけてくる。もはや会社は針のむしろではなくなっていた。

実際、外回りしていても以前とはまるで相手の対応がちがった。門前払いが普通だったのが、今では話を聞いてくれる割合が増えている。営業先も、これまでの零細企業よりは大きな会社を相手にすることが多くなってきた。

拓馬は自分でもこの変化に驚いていた。きっと充希がいるおかげで自信がついたからだ。彼は暗いトンネルからようやく抜け出し、陽の降り注ぐ道を歩みはじめていた。

週末の夜、仕事を終えた拓馬は、港近くの街に向かう。充希とデートの約束をしているからだ。この日、彼は海が見えるレストランを予約していた。

待ち合わせ場所には、すでに充希が待っていた。

「ごめん。待った?」

「ううん、わたしも今来たところ」

夜の雑踏で彼女はひときわ輝いていた。ディナーデートということで、いつものカジュアルな服装ではなく、ピンクベージュのシックなドレス姿だったのだ。足もとはヒールを履き、手にはハンドバッグを持っていた。

思わず拓馬は息を呑み、しげしげと全身を眺める。

「今日の充ちゃん、すごくきれいだよ」

「ありがとう。けど、恥ずかしいから、そんなにジロジロ見ないで」

充希は照れたのか、視線をかわすように身を捩る。そのはにかんだ姿が一段と美しい。

「じゃあ、行こうか」

拓馬は喜びに胸が膨らむのを感じた。こんな愛らしい女の子が、自分を好いてくれているのだ。街ゆく人々に叫んで回りたいほどだった。

予約したレストランは、コースでイタリア料理を出す店だった。店内はオレンジがかった照明が落ち着いた雰囲気を醸(かも)し出しており、会話の邪魔にならない程度のＢＧＭが流れている。

「予約した秋本ですが」

「お待ちしておりました。秋本さま、どうぞこちらへ」

案内を請うと、清潔ななりをしたウエイターが席まで誘導してくれる。

港を望む窓際のテーブルに案内され、向かい合わせに腰を下ろすと、充希がようやく口を開いた。

「素敵なお店ね。こんなところ初めて」

「俺だって初めてだよ。じつを言うと、ネットで検索したんだ」

「わたしのために？」

「もちろん。喜んでくれた？」

「ええ、とっても――。見て、港に船が帰ってきた」

評判の店だけあって、食事も素晴らしかった。拓馬と充希はお喋りしながら、ワインとイタリア料理を堪能した。夢のようなひとときだった。

小一時間ほどで店をあとにし、外に出ると拓馬は言った。

「充ちゃんも明日は休みだろう？　ホテルをとってあるんだ」

「え。でも、無理しないで。さっきのお食事だけで、わたし十分に満足だわ」

充希は遠慮するようすを見せる。出会ったころの素寒貧だった彼を知っているからだろう。

しかし、このとき彼の財布には余裕があった。飛びこみセールスマンは売れなければ地獄だが、それなりに成績を上げれば、固定給のサラリーマンよりずっと多額の歩合給が入る仕組みになっているのだ。

「たまには贅沢してもいいじゃないか。俺、充ちゃんには感謝しているんだ。きみがいなければ、きっと今みたいに頑張れなかった。そのお礼がしたいんだ」

「そう。拓くんにそんなふうに思ってもらえてうれしい。なら、今日は特別ね」

「ああ。今日は特別だよ」

堅実な彼女を説き伏せて、なんとかホテル行きを承知させた。しかし彼がホテルまでタクシーに乗っていこうと提案すると、充希は反対し、気持ちのいい夜だから歩いて行こうと主張した。拓馬も従うしかなかった。


ホテルの窓からは、港の夜景が一望できた。充希は部屋に入るなり歓声をあげて窓辺に駆け寄る。

「見て。キラキラして、宝石をちりばめたみたい」

「うん、確かにきれいだ」

拓馬ははしゃぐ充希の後ろ姿を眺めながら、満足の面持ち（おもも）でジャケットを脱ぐ。

ドレスの背中が開いていた。

「でも、充ちゃんのほうがもっときれいだ」

肌に唇を触れると、彼女はくすぐったそうに肩をすくめた。

「もう、拓くんったら」

だが、顔は笑っている。見つめる瞳が彼を求めていた。

拓馬は後ろから抱きしめ、頬を寄せた。

「レストランでも、その唇にずっとキスがしたかった」

「ご飯を食べながら、そんなことを考えていたの？」

充希は問い返すが、本当に知りたいわけではない。イチャついているのだ。いわば行為前の前菜といったところだろうか。

その間にも拓馬の指が白い背中をさすっている。

「今日の充希は一段ときれいだ」

「借り物のドレスでも？」

「ああ。借り物のドレスなんかより、充ちゃんのほうがずっと——」

言いながらも、ドレスのジッパーを一番下まで開いてしまう。

すると充希は逆らいもせず、肩を揺すってドレスが落ちるに任せた。

「脱げちゃったわ」

くるりと振り向いた彼女は、丈の短いキャミソール姿であった。白地にブルーのブラジャーとパンティが透けて見える。脚には太腿の付け根まであるストッキングを穿いていた。

下着はもちろん彼女の私物だ。拓馬は奮いたつ。

「その格好、すごくかわいいよ」

「本当？　興奮しちゃう？」

充希がわざとしなを作って、彼のネクタイを引っ張り外した。

「ああ、充希……」

当初はウブだった彼女も、回数を重ねるうち大胆になっていった。いまでは拓馬の好むプレイも承知していた。

ふと充希の手がスラックスの股間におかれる。

「はうっ、充希っ……」

「もうこんなに大きくなってる」

「それは充希がかわいくて、エッチだからだよ」

「もっとエッチなことをしてほしい？」

彼女は言うと、答えを待たずにしゃがみこむ。そして、ズボンの上からいきなり逸物をぱくりと咥えてきたのだ。

夜景を前にして拓馬は身悶える。

「くはあっ、充希そこっ……」

「んふうっ、かたーい」

ランジェリー姿の充希は膝をつき、ペニスの形を浮き立たせるように顔の角度を変えては唇で食んだ。

ゾクゾクする快感が拓馬の背筋を駆け上る。

「はううぅっ、エロ……」

「拓馬ぁ、気持ちいい?」

「う、うん。気持ち……ぬあああっ」

彼はたまらなくなり、自分からベルトを抜いてズボンを下ろしてしまった。

「頼む。直で舐めて」

「いいよ。拓馬が喜ぶなら」

まろび出た肉棒を充希はためらうことなく口に含んだ。

粘膜の温もりが太竿を包む。

「ほうっ……充希ぃ」

「んぐちゅ。拓馬のオチ×チン」

単純な淫語も充希の口から語られると、普通以上に淫らに感じられた。保育士という職業とのギャップもさることながら、彼女のキュートな顔で、しかも優しい声色で言われると、なんともイケナイ遊びをしているようで興奮するのだ。

「じゅるるっ、んぱっ。ちゅろっ」

「ハアッ、ハアッ」

そうして彼はしばらく仁王立ちフェラを堪能した。勃ちは十分であった。

「俺も充希が欲しくなってきた。ベッドに行こう」

「うん」

意気投合し、ベッドに向かう。その間にも拓馬は衣服を全部脱いでしまう。

かたや充希はキャミを脱ぎ、ブラのホックに手をかけているところだった。

「こっちは俺が外すよ」

「うん、お願い」

ブラは彼に任せ、彼女はパンティを足首から抜く。

こうして一糸まとわぬ姿となり、ふたりはベッドになだれこんだ。

「舐めっこしよう」

「うん、いいよ」

ふたりの意志は通じ合っていた。最初のころのようなぎこちなさはどこにもなく、
いまや互いの好むタイミングや性感帯もわかっている。

拓馬が仰向けになり、充希は反対向きに覆い被さった。

「好きだよ、充希」

彼は首をもたげ、湿った割れ目に顔を突っこむ。

「あんっ、拓馬ぁ」

声高く喘ぐ充希も、負けじと肉棒にしゃぶりついた。

「びじゅるっ、じゅるっ」

「むふうっ、ふうっ。ちゅぱっ」

シックスナインが始まった。拓馬は愛情をこめて媚肉を舐め、あふれるジュースをゴクゴクと飲んだ。

一方、四つん這いになった充希も、太茎を口に頬張り盛んに頭を振っている。

「じゅるるっ、おおきいの好き」

愛情深くてセックスの相性も合う。拓馬にとって充希は最高の恋人だった。

「おおおっ、充希ぃ……」

彼女の毛穴ひとつまで、すべてが愛おしかった。拓馬は無我夢中で舌を這わせながら、指でも肉芽を責めはじめた。

「むふうっ、ちゅぱっ」

「はひいっ、イイッ」

充希の口戯が一瞬だけ疎かになる。感じているのだ。

さらに拓馬は指で肉芽を転がしつつ、舌をアヌスのほうへと這わせていく。

「ハアッ、ハアッ。れろっ……」

放射皺が息づいていた。彼女の菊門は毛もなく色もさほどくすんでいない。きれいなものだった。

ためらうことなく彼は尖らせた舌で放射皺をなぞっていく。

「えー……」

「ひゃうっ、拓馬っ……いったいどこ舐め……あああっ」

意表を突く愛撫に充希はおののき、思わず口から肉棒を離してしまう。

拓馬はまなじりを決してアヌスを舐めた。

「ハァ、ハァ。ぺろ……んまっ」

同時に指は陰核をクリクリしていた。

充希は激しく身悶える。

「んああっ、だめえっ。感じちゃう」

その間にもさらに指は増え、蜜壺もまさぐっていた。充希はこの三点責めに弱かった。襲いかかる快感に対処しきれず、すぐにオーバーヒートしてしまうらしい。この数か月の関係で熟知している彼は、自信を持って愛撫に臨んでいた。

「充希っ、充希いっ」

いまでは嗅ぎ慣れた牝臭に包まれ、媚肉をまさぐり菊穴をねぶる。

もはや充希はしゃぶっていられない。肉棒を支えのように握り締め、わずかに上下擦りながら、苦しそうに喘ぎを漏らしていた。

「んあああっ、イイッ、イイイーッ」

「気持ちいい？　よかったらイッていいんだよ」

「うん、とっても……イイイーッ、あふうっ」

充希が尻をすぼめるようにして持ち上げる。頂は間近だ。拓馬は一層熱をこめて舐めしゃぶり、また尖りを扱いた。

「ちゅぱっ、んばっ。充希いいいっ」

「あっひ……イクッ、イクッ、イッちゃううううっ！」

下腹を震わせ、ついに充希が絶頂した。背中がググッと沈みこみ、アヌスがヒクヒク痙攣する。わななく腕はシーツをまさぐり、足指がピンと伸びた。

「あっふううううっ」

そして長く息を吐くと、脱力してベッドに転がったのである。

「ひいっ、ふうっ、ひいっ、ふうっ」

仰向けで息をつく充希を見つめ、拓馬が上から覗きこむ。

「イッたね」

「ん。イッちゃった」

彼女は照れたように笑うと、彼の顔を引き寄せた。

「優しいのね、拓くんって」

「どうして？」

「だって、わたしを先に気持ちよくしてくれたから」

「ああ……そんなこと」

「今度はいっしょに気持ちよくなろう」

充希は言うと、唇を重ね舌を絡めてきた。

「ああ、充希……」

キスに応じながら、拓馬は覆い被さっていく。

「脚を開いて」

「うん」

肉棒はいきり立っていた。彼は根元を支えながら、媚肉をまさぐる。やがて亀頭に濡れそぼった花弁が触れた。

「おうっ」

「あんっ」

ふたりとも敏感になっている。拓馬は怒張をそのまま押し進め、ぬめりのなかに包まれていく。

「うおっ」

「きた……」

彼らは挿入時の悦楽を舌の上で転がすように味わった。互いの最も秘めやかな部分が接触しあうこの瞬間は、何ものにも代えがたい。

ふたりは充溢感（じゅういつかん）を確かめあい、笑みを浮かべてキスをする。

「充希……」

「拓馬……」

そうして互いの息を嗅ぎながら、下半身は動きだす。

「ふうっ、ふうっ」

「あんっ、あっ」

最初はゆっくりと、具合を見るように。

目を閉じていた充希がふと彼を見上げる。

「拓馬がいるのを感じるわ」

仰向けで揺さぶられながら、彼女は悦びに顔を紅潮させた。

前屈みになった拓馬の額には汗が滲んでいる。

「ハアッ、ハアッ。充希のなか、あったかいよ」

「ああっ、きつく抱いて」

「うん……」

感に堪えかねたように震える充希を拓馬はきつく抱きしめる。

「かわいいよ」

耳元で囁き、耳たぶを噛むと、彼は猛然と腰を穿ちはじめた。

「ぬあああっ」

「あっひ……拓馬っ、激しい」

とたんに充希は身を仰け反らし、抽送の急襲に全身をわななかせる。

ペニスが止まらない。肉棒は望んで得られる以上の悦びを欲していた。

「充希っ、充希いっ」

「はううっ、んっ……あはあっ」

このままふたりして絶頂することもできただろう。しかし、拓馬はそれで終わりたくなかった。今日は特別な夜なのだ。食事やホテルを奮発した日らしく、何か特別なご褒美が欲しい。

「充希——今度は後ろからしよう」

彼が呼びかけると、充希は一瞬だけとまどうような顔をした。

「……ええ、いいわ」

だが、結局承諾したのだった。大好きな恋人の求めに応じたのだろう。彼女はむくりと起き上がると、ベッドの上に四つん這いになった。

拓馬はその背後に膝立ちで身構える。

「じゃあ、いくよ」

充希の丸い尻を両手で愛で、牝汁まみれの肉棒を花弁に押し当てていく。

「ぬお……」

「はうっ……」

小さく息を吐く彼女を眺めながら、拓馬は肉棒を奥まで突き入れていった。

「うはあっ、入った」

「ふうっ、ふうっ」

「動かすよ」

「ん」

拓馬は両手を尻たぼにおいたまま、腰を前後に振りはじめた。

「ハアッ、ハアッ」

「あんっ、んんっ」

「あああ、カリが擦れる」

蜜壺の凹凸がカリ首を弾く。快楽が背筋を駆け上った。

四つん這いの充希も荒い息を吐いている。

「あっふ、ああああっ、んふうっ」

だが、喘ぎ声は控えめだ。彼女はバックスタイルがもともと苦手だった。これまで拓馬が幾度か誘っていたものの、獣じみた体位が恥ずかしいと尻込みされてきたのだ。

それでも、今夜は愛する拓馬が求めるのなら、と応えようとしてくれている。

「ああん、拓馬ぁ」

彼の前だけで見せる痴態が愛おしい。充希は尻から突かれる表情を見せたくないらしく、顔を伏せて愉悦に浸っていた。

小気味よいテンポで拓馬は腰を振った。

「ハアッ、ハアッ、おおお……」

突き入れるたび、くちゅくちゅとかき混ぜる音がする。見下ろすと、尻の谷間を太竿が抜き差しされるのがよくわかる。

そろそろいいだろう。後背位を堪能した彼は、彼女にご褒美をやることにした。

「充希――」

彼はいったん肉棒を抜くと、壁を背にしてベッドに脚を投げ出した。

その構えですぐに彼女はピンとくる。

「嬉しい。最後は見つめあいながらするのね」

「ああ、そうしよう」

充希はこちら向きで腰の上に跨がった。対面座位だ。彼女の好きな体位だった。

「拓馬――」

じっと顔を見つめながら、彼女は逆手に肉棒を捕らえ、腰を落としていく。

花弁が肉傘を捕まえた。

「あんっ、これ好き――」

「おうっ」

いつしか充希は尻を落とし、肉棒は根元まで埋まっていた。

彼女のほうが少し顔の位置が高い。拓馬は細腰を支え、見上げていた。

「かわいいよ、充希」

「拓馬が大好き」

愛を確かめあうと、グラインドが始まった。充希はウットリとした表情を浮かべながら、ゆったりと、決して焦らず腰を上下に揺さぶった。

「あんっ、ああん」

「ふうっ、ふうっ」

しかし、すぐにテンポは崩れる。ふたりの肉体はすでに過熱状態にあり、体位が変わったことで新たな刺激に敏感になっているのだった。

「んああっ、ああっ、んはあっ」

充希は激しく身を弾ませて、悦楽を貪り尽くそうとする。

下で構える拓馬も冷静ではいられない。

「つくはあっ、ハアッ、うあああ……」

蜜壺と太竿は互いに溶け入っていくようだった。かき回され、擦れあい、ねぶりねぶられするうちに、発火寸前の状態にまで高められていった。

「ああん、わたしもうダメ……」

喘ぎ声は掠れ、充希が首にしがみついてくる。

拓馬は尻たぼを両手で支え、自らも下から腰を突き上げる。

「ぬあああっ、充希いいいっ」

「はひいっ、イク……イッちゃう……」

「俺も。あああ、もうダメだ。イク……」

「イッて。きて。わたしも……んあああーっ」

「出るっ！」

拓馬の熱い思いが噴き上げる。充希の頭が仰け反った。

「あああっ、イイッ、イクううっ！」

相前後して彼女も絶頂した。彼にしがみつき、股間を擦りつけるようにして、ガクガクと体を震わせたのである。

その衝撃で蜜壺がきつく締まった。

「はううっ」

残り汁まで吸い尽くされ、拓馬は全身から力が抜けていく。

一方、充希はまだアクメの途中だった。

「あっひいっ、イイッ、イイイイッ」

二度、三度と体をビクンと震わせて、悦びの最後の一滴(いってき)までを搾(しぼ)り取る。

「ふうっ、ふうっ、ふうっ、ふうっ」

「ハアッ、ハアッ、ハアッ、ハアッ」

ふたりとも、しばらくは動けなかった。与えあった欲望は無上の悦びを彼らのもとにもたらした。やがて充希が退いたとき、内腿には白濁した欲悦の跡が漏れ滴(したた)っていた。それはシーツに染みを広げ、特別な夜の記念となった。

満足し、ベッドで横たわっていると、充希が言った。

「ねえ、わたし拓くんの家に引っ越そうかなと思っているの」

「俺の家に——」

それは同棲の提案だった。彼女曰(いわ)く、そのほうが経済的だし、預金も貯まるというのだ。ふたりの未来のためだった。

「うん、そうしよう。楽しみだよ」

だから拓馬も喜んで承諾した。彼女となら幸せな家庭が築けるかもしれない。彼はいまや自分の人生が完璧になりつつあるのを感じていた。

第二章　由香里――運命の出会い

拓馬の人生時計の針は進んでいく。セールスマンとして自信を持った彼は、次第に営業エリアを都心方面へと広げていった。飛びこみ先で断られるのも、もう怖くなくなっていた。

そうしてセールスに励むうちに、ある呉服店の御曹司と知り合った。同年代の拓馬が野心に燃えているのを見て、いたく感銘を受けたらしいのだ。御曹司は自分の会社で契約してくれたほか、知人の御曹司仲間にも紹介してくれた。いつしか拓馬は彼らのお気に入りとなり、あちこちへ飲みに連れて行かれるようになった。

その夜も、拓馬は銀座に呼び出されていた。

「ここでいいはずだよな」

繁華街は人と車であふれていた。彼は歩道で立ち止まり、スマホに送られてきたメッセージと店の看板を見比べる。間違いないようだ。

しかし、銀座の高級クラブに入るなど、生まれて初めてのことだ。ビルの入口は狭く、派手な格好をしたホステスや、いかにも地位の高そうなスーツ姿の男たちが出てくるのを見ると、ついためらいを覚えてしまう。

ここは俺なんかの来る場所じゃない。まるで別世界だった。二十九歳のしがないセールスマンは二の足を踏む。だが、そのときスマホに御曹司から催促のメッセージが送られてきたため、拓馬は思いきってビルのなかへと踏みこんだ。

指定された店は、ビルの三階にあった。

「いらっしゃいませ。どなたかお待ち合わせでしょうか」

彼がドアに手をかける前に黒服の男が現れ、慇懃に訊ねてくる。

拓馬は焦りつつ言った。

「あ、はい。近藤さんという方と――」

「こちらへどうぞ」

黒服が体を開いて拓馬をなかへ通す。名前を出したとたん、わずかにだが男の態度が変わったように見えた。きっと相手が拓馬だけならあっさりと追い出してしまったのだろう。黒服の目は冷淡に客の服装を値踏みしていた。

店内は思ったよりも暗かった。酒と香水の匂いが充満している。拓馬は黒服においいていかれまいと必死にあとを追う。

「おーい、遅いじゃないかあ。こっちはもう出来上がってるぞ」

ボックス席には御曹司とホステスが三人いた。拓馬は頭を下げる。

「すみません、近藤さん。お店がわからなくて」

「いいから座れ――おい、拓坊が来たんだ。席を空けないか」

御曹司が言いつける前に、ホステスは立って拓馬の座る場所を空けていた。

彼が腰掛けるなり、隣についたホステスからおしぼりを渡される。

「レイコです。こちら、初めて？」

「え……？　ええ、まあ」

きつい香水の匂いと妖艶(ようえん)なドレスから覗く女の肌。年齢は拓馬より若く見えるが、世慣れた態度にこちらが恐縮してしまう。

すると、近藤が常連らしい気安さで口を挟んできた。

「拓坊はな、ＪＨＬって会社でトップセールスマンなんだよ」

「まあ、すごい。一番ってこと？」

これを言ったのは、男ふたりのあいだに座った柚希(ゆずき)であった。明るい色の髪を見事に盛ったギャル系のホステスである。

おだてられた「拓坊」は焦って弁解した。

「トップだなんて嘘ですよ。近藤さんには、いつもよくしてもらっています」

「近ちゃん、やり手の若い男の子が好きだからなあ」

すかさず三人目の育代が茶々を入れる。ほかより少し年増の三十代半ばと思しきベテランだ。

改めて乾杯すると、拓馬は近藤に訊いた。

「今日はほかの方たちはいないんですか」

「ん。あー、そういや木村が別の店で飲んでる、って言ってたな。たぶんあとで合流するんじゃない？」

「はあ」

拓馬は生返事しながら、いったいこの連中の懐具合はどうなっているのだろうと思う。なにしろ毎日と言っていいほど飲み歩いているのだ。こんな銀座のクラブで飲めば、ひと晩だけでも大変な額になるはずだが、彼は近藤がいくら払っているのか知らなかった。いつも奢られる側だったからだ。

恐らくお坊ちゃん連中は、彼のような雑草育ちの人間を物珍しがって、戯れに呼び出しているのだろう。いわば暇つぶしだ。拓馬もそれはなんとなく意識していた。いろんな店に連れて行きたがるのも、ペットを他人に見せたい願望とそう違わないはずである。だが、なにより彼らは見込み客を紹介してくれるのだ。拓馬にとっては金の卵だった。だから多少玩具にされていると感じることがあっても、表情には出さないようにしているのだった。

店に入って小一時間ほど経ったころ、拓馬は小便がしたくなってきた。

「すみません、俺ちょっと――」

彼が席を立つと、近藤は鷹揚に手を振ってみせた。よきに計らえ、というわけである。だいぶアルコールが回っているようだ。

ホステスが先に立ち、トイレまで案内してくれる。

「足もとに気をつけてね」

「うん、ありがとう」

銀座のホステスらしい気遣いを感じながら、拓馬は店の奥へ進む。少し酔っているようだ。店内は盛況だった。どのボックス席も客で埋まり、笑いさざめく声があちこちから寄せては返す。

そのとき彼はひと組の客に目を惹きつけられた。

「だいぶ盛り上がっているみたいね」

　引率のレイコが彼の視線に気づいて言った。堅気には見えない、派手なスーツ姿の男三人がホステス相手に大騒ぎしていた。店の雰囲気とは少々合わないくらいの騒ぎようであり、彼女の口調にも非難するような色があった。

　だが、拓馬が見ていたのは別のものだった。そのボックス席のなかにホステスとは明らかに違う、しかし夜の蝶にも負けない妖艶な女がいるのを見つけたのだ。

（いったい何者だろう――）

　バカ騒ぎする男どもを見守る女は口もとに笑みを浮かべていた。長い髪をゆる巻きにしてラフに結い上げ、ノースリーブのワンピースはボディラインを浮き立たせている。座っていてもスタイルの良さが窺われた。

　大人の女だった。彼女は明らかに男たちとは別人種であり、間違って迷い込んでしまったように思われた。しかし場違いにとまどっているふうではなく、威風堂々としている。

「トイレ。右奥のを使ってね」

「ああ、うん。わかった」

　いつの間にかトイレに着いていたようだ。レイコは佇んだままだった。

「ここでお待ちしています。いってらっしゃい」

こうした店の常で、客がトイレから出てくるのを待ってくれるようだったが、

「いや、戻っていていいよ。近藤さんを待たせたくないから」

と言って断った。小便するあいだ待たせておくのが気恥ずかしかったのだが、もうひとつには、自分は金を払っている客ではないという引け目もあった。レイコは素直に戻っていった。

個室ですっきりすると、拓馬は洗面所で手を洗い、トイレから出ようとした。ところが、奥から出しなに人とぶつかりそうになる。

「きゃっ」

「あっ」

拓馬は危うく正面衝突しそうだったのをすんでのところで踏みとどまった。

一方、向こうから来た女は勢いが余り、ヒールがよれて転びそうになる。

「危ない――」

とっさに彼は手を伸ばし、支えようとした。足首を捻った女は左側によろけ、拓馬の腕が腰の辺りを受け止めるかたちになった。

立ち直った女が彼を見やる。

「ありがとう。助かったわ」

「こちらこそ……あの、すみませんでした」

さっきの女だ。拓馬はボックス席で見かけた女だと気づき、トクンと心臓が鳴った。近くで見ると、さらに妖艶だった。女は手首で後れ毛を整えてから、ワンピースに寄った皺を直していた。

「あなたのほうこそ大丈夫？　ごめんなさいね」

「あ、いえ……」

拓馬はボンヤリと女を見つめていた。この世にこんな美しい女がいるだろうか。メイクにも隙がなかった。並み居る銀座のホステスのなかで、ひときわ輝ける美貌の持ち主は滅多にお目にかかれない。

そのとき女は下を向いてスカートの裾を伸ばしていた。おかげで前屈みになり、胸元が大きく開いてしまい、翳りを帯びた胸の谷間が覗いていた。

（ああ……）

拓馬の目に映っていたのは、白い肌についた小さな点だった。豊かな膨らみの谷間に小さなホクロがあるのを見出したのだ。その密やかな佇まいは、彼の知らない悦楽の世界があるのを示唆するようだった。

だが、夢幻のひとときは一瞬で過ぎ去った。

「では、失礼するわね」

「あ。どうぞ」

拓馬は慌てて道を譲り、自分の席へと戻っていった。

それからしばらく御曹司と飲み、自宅に帰ったのは夜十一時ごろだった。

「拓くん、お帰り。今日も大変だったの？」

「ただいま――うん、つき合いでね」

「ご飯は食べる？　それともお風呂にする」

「メシはかるく食べてきたから、風呂に入るよ」

そんなに遅く帰っても、充希は起きて待っていてくれるのだった。我が身を省みて、拓馬は幸せだと実感する。彼女がいるからこそ、好きでもない酒席にもつき合えるのだ。

風呂から上がると、ふたりはすぐに就寝した。甘い、新婚生活のような暮らし。拓馬は満ち足りた気持ちで布団に潜り、充希の寝息を心地よく聞きながら眠りに就く。クラブで見た女のことなどすっかり忘れていた。

そんなおり、拓馬は仕事でピンチに陥ってしまった。連絡ミスで取引先を怒らせてしまったのだ。相手は、例の呉服店御曹司の近藤だった。彼としては、絶対に失いたくない顧客であった。

朝の社内で怒りのメッセージに気づいた彼は、慌てて会社を飛び出した。

「もう出ます。戻りはわかりません」

「そうか。熱心なことで結構だな。行ってこい」

何も知らない上司が快く送り出してくれる。成績を上げる部下には親切だった。

実際、拓馬はあとひと月基準の売り上げを達成すれば、係長に昇進する予定であった。セールス中心の会社は条件さえクリアすれば昇進は早い。ここで躓（つまず）いているわけにはいかないのだ。

地下鉄を降り、メイン通りを早足で急ぐ。いま近藤にそっぽを向かれたら、充希との人生設計にも狂いが生じてしまう。何としてでも御曹司に謝りたおして、許してもらうほかなかった。

呉服店はメイン通り沿いの持ちビルにある。一、二階が店舗で、三階から上はテナントが入っている。場所柄、テナント料だけでも相当潤っていると思われた。

拓馬が店内に入っていくと、和服姿の近藤がいた。

「社長。この度はご迷惑をおかけして、大変申し訳ございませんでした」

「何をしに来た」

呉服店主は不機嫌なようすだ。だが、誠心誠意お詫びするしかない。拓馬は必死に食い下がり、土下座する勢いで自社のミスを謝ったが、近藤はにべもない。

「どうか釈明させてください。実際、単純な行き違いで――」

「うるさい！　なんだ、店まで押しかけてきて」

「いえ、しかし……」

「いいから帰れ。商売の邪魔だ」

近藤の怒りは収まらない。ここはいったん退散したほうがよさそうだった。拓馬はろくろく説明もできないままに、たたき出されるようにして店から追い払われてしまった。

まるでとりつく島もなかった。拓馬は呆然とする。どうしたものだろう。午前中の銀座で彼はぽつんと佇んでいた。

「参ったな。なんとかしなければ」

なんとか近藤の機嫌を直したいが、話も出来ないのでは、どうしようもない。

そのとき歩道を正面から闊歩してくる者がいた。

「あっ……」

拓馬は思わず声をあげてしまう。見紛うはずもなかった。高級クラブのトイレでぶつかりそうになった、例の美熟女だったのだ。

そして向こうもこちらに気がついた。

「あら、こないだ『舞衣夢』で会った子じゃない」

「覚えていてくれたんですか」

「ええ。だってトイレで——それはそうと、どうしたの？　真っ青じゃない」

気遣うような声をかけてくれるのは嬉しかったが、相手はほとんど見ず知らずの人間だ。拓馬は口ごもってしまった。

すると、熟女は呉服屋の看板を見上げてから言った。

「あたし、今からここの近藤ちゃんに用があるの。もし何か伝えておきたいことがあったら伝えておくけど？」

つまり彼女は御曹司と顔見知りということだ。拓馬は藁をもつかむ思いだった。気づくと彼は、近藤をすっかり怒らせてしまったことを女に説明していた。

説明を聞いた熟女は大きく頷く。

「そんなことなら、あたしに任せておいて。あなたも悪気はなかったわけでしょ。ここでちょっと待っててちょうだい」

彼女は言うなり、そそくさと呉服店に入っていった。

あとに残された拓馬は気が気ではない。本当にあの熟女に託してしまっていいのだろうか。事情のよくわからない第三者を巻きこんで、余計におかしなことになりはしないだろうか。

そうしてジリジリしていると、店から熟女が顔を出し、彼になかへ入るよう手招きしてきた。

ふたたび店内に入ると、そこには笑顔を浮かべた近藤もいた。

「早く言えよ、拓坊。由香里(ゆかり)さんと知り合いだったなんてな」

「あ、いえ。それは……」

「偶然そこで会ってね。なんか近藤ちゃんが拗(す)ねてる、って言うから」

「由香里さん、勘弁してよ。あ、そうそう。あれから前田(まえだ)さんには会った？」

「おかげさまで。いえ、先日アポがとれたものだから——」

御曹司はすっかり機嫌を直していた。拓馬との取引もこれまで通りつづけてくれるという。まるで魔法のようだった。

それから十分後、拓馬はキツネにつままれた気分で呉服店をあとにした。

「ありがとうございます。本当に助かりました」

通りに出て、まず彼は突然現れた救世主にお礼をした。

大袈裟な感謝に由香里は笑い声をたてる。

「やめてよ。たいしたことしてないんだから」

「いえ、それでも。僕には生きるか死ぬかでしたから」

彼女は懸命に述べる彼をじっと見つめていたが、ふと思いたったように言った。

「そうだ。じゃあ、お礼に少しつき合ってくれないかしら」

「え……ええ。いいですけど」

何事かもわからないまま、拓馬は承諾していた。不思議な魅力のある美熟女だった。クレーム対応も無事済んだいま、彼の時間は空いていた。

並んで歩く道すがら、ふたりは互いに自己紹介をした。真矢由香里はフリーの宝飾品バイヤーだった。顧客の求めに応じて希少な宝石やアクセサリーを買いつける商売だという。そのため銀座周辺には顧客が多く、呉服店の近藤もお得意客のひとりとのことだった。

「これから何軒か集金して回らなければならないのよ。大金持って、女ひとりじゃ何かと物騒でしょう？　だからあなたがあたしの用心棒」

彼女は言ったが、実際同行してみると、用心棒など必要なささそうだった。どこへ行っても由香里は顔が利き、相手からは敬意を払われていた。お金を払う客側が由香里にへつらっているように思われることもあった。横で見ていた拓馬は、彼女が少なくとも商売の面では信頼されていることがわかった。

そして何より彼女は美しかった。この日由香里は上下黒のスーツ姿だったが、ジャケットはウエストを絞ったデザインで、タイトスカートが尻の形をくっきり浮き立たせている。襟元は開いてデコルテが覗き、ロングヘアはワンレンぎみにさりげなく片側に流していた。

背もスラリと高く、銀座をヒールで闊歩する姿は格好良かった。

「真矢さんって、いつからこの仕事をしているんですか」

いつしか拓馬は由香里のミステリアスな魅力に惹かれていた。容姿はもちろん、これほど自信に光り輝く女性は初めてだった。

由香里は何歩か行き過ぎたあと、ふと思い当たったように立ち止まる。

「由香里でいいわ――で、そんなこと本当に知りたい？」

「ええ。その、由香里さんがよければ」

「なら、一杯つき合ってくれる？」

まだ時間は早かったが、会社には営業先から直帰すると言えばいい。売り上げさえ立てていれば、セールスマンのわがままは許されるのだ。

「いいですよ。お供します」

話は決まった。由香里は自分が知っている店があるから行こうと言った。タクシーを呼び、ふたりで乗りこむ。人生の新たな展開に拓馬は心躍った。

由香里が連れて行ったのは、地下にある隠れ家のようなバーであった。

「こういう店、初めてですよ」

拓馬は緊張してスツールに座る。テーブルの向かいに由香里が腰を下ろした。

「どう？　ちょっといい感じでしょ」

「ええ。いい雰囲気ですね」

「あたしの隠れ家よ。ほとんど誰にも教えていないの」

「俺に教えちゃっていいんですか」

「拓馬くんは特別。おもしろそうな子だから」

飲み物の注文は彼女に任せた。運ばれてきたのは不思議な色のカクテルで、拓馬は飲んでもよく味がわからなかった。

「へえ。じゃあ、近藤ちゃんなんかと知り合ったのは最近のことなのね」

「はい。いっしょに住むようになってから、調子がよくなってきたみたいで」

気づくと彼は充希とのことを打ち明けていた。知らないうちにアルコールが回っていたのかもしれない。由香里には隠す必要がないように思われた。

事実、彼のプライベートを聞きたがったのは彼女のほうだったのだ。

「素敵な話ね。彼女が羨ましいわ」

「本当に運がいい男なんです、俺は」

「あら、そうかしら――」

ここで由香里は不意にグラスをおいた。テーブルに肘をつき、身を乗り出して、まじまじと拓馬を見つめてくる。

「運がいいのは彼女のほうじゃないかしら」

熟女の瞳は妖艶な光をたたえ、すべてを見透かすようだった。拓馬の鼓動が高鳴る。

「え。なんで……」

近い距離で互いの視線が交錯した。火花が散ったようだった。だが、それは一瞬のことであった。由香里はつと目を外すと小さく息を吐いた。

「気のせいかしら。あなたなら、もっと高い場所を目指せる気がしたの」

「由香里さん……」

「拓馬くんのこと、奪っちゃおうかしら」

ふたたび見つめてきた目は笑みを含んでいた。冗談なのだ。息を詰めていた拓馬もほっと胸を撫で下ろした。

「いずれにせよ、お互い客層が重なることはハッキリしたわ。これからも協力しあいましょう」

「ええ、ぜひ。よろしくお願いします」

こうして拓馬は由香里と連絡先を交換し、今後も仕事面で助けあおうとなってその日は別れた。じつに有意義な一日だった。

しかしその夜、自宅に帰った彼は寝つかれなかった。目を閉じても、由香里の顔と胸のホクロが頭に浮かんでしまうのだ。その隣では、充希が安らかな寝息を立てているのだった。

再会は思いのほか早く訪れた。それから数日後、由香里から連絡がきた。銀座で飲んでいるから来ないか、というのだ。

拓馬はちょうど仕事を終えて帰宅するところだった。由香里は、「社長連中と飲んでいるから来い」という。これが仕事に繋がれば、千載一遇のチャンスである。断る理由はなかった。彼はデスクを片付けると、急いで銀座に向かった。

だが、この日彼は充希とも夕食の約束をしていた。普段は彼女が料理してくれるのだが、たまには外で食べようとなったのだ。言いだしたのは拓馬のほうだった。

(すまん、充ちゃん。これも俺たちの将来のためなんだ)

心を痛めながらも、彼は充希にキャンセルの連絡をする。彼女は快く理解してくれた。彼の昇進を誰よりも望んでいるのは彼女であった。

夜の銀座はこの日も盛況だった。この街を外から見る分には、不景気などどこ吹く風といった感じがする。狭い道をタクシーと高級車が占拠(せんきょ)し、札束を胸にした男たちと派手に着飾った夜の蝶たちが酒に浮かされ、ふわふわと漂(ただよ)っている。

拓馬は指定された店に向かう。先日近藤らと飲んだのとは別のクラブだ。

広いボックス席には由香里のほか、同席者が七、八人いた。うち四人が男だった。

拓馬は丁寧にお辞儀をして挨拶する。

「秋本と申します。このたびは、このような席にお招き頂き、ありがとうございます」

「来たわね。彼が言っていた子よ」

「へえ、なかなか好青年じゃないか」

「若いね」

「堅苦しい挨拶はいいから、まあ座んなさい」

男たちから口々に品評されたあと、拓馬は由香里の隣に座らされた。

それから各々(おのおの)自己紹介となる。由香里の言うとおり、男たちは四人とも経営者か、もしくは大企業の役員だった。拓馬は名刺を受け取るたびに胸を震わせた。飛びこみセールスだけをやっていたら、決して知り合えない人間ばかりだ。

そのうえ、彼らはみな由香里の大ファンらしかった。その彼女に「将来有望株」と紹介された青年を無下にするつもりはないようだった。

「うちの社でも、従業員の福利厚生を見直していてね。健康プログラムというのは、確かにいいアイデアかもしれないな」

ロマンスグレーの某製紙会社役員が言うと、別の男が口を挟んだ。

「最近は予防医学が主流になりつつありますし、時代にも合っているんじゃないかな」

彼は全国に学習塾を展開するベンチャー社長だった。かなり若い。四十歳そこそこといった感じである。

由香里も折々に援護射撃をしてくれる。

「正直言うとね、健康食品のことはよくわからないんだけど、個人としての彼を盛りたてていただきたいの。絶対に損はないと約束するわ」

「由香里さんにそこまで言わせる男かあ。ちょっと妬(や)けちゃうな」

これを言ったのは、老舗洋菓子店の社長だ。拓馬もテレビで見たことがあった。

「スーさん。あなたみたいな有名パティシエが何言ってるの。聞いてるわよ、最近あちこちで噂になっているのを」

「くうーっ。由香里さんには敵わないや」

ともあれこうして酒席は和やかに進行した。周囲がみな社会的地位のある者ばかりのため、拓馬は何度となく気詰まりを感じる場面もあったが、その都度さりげなく由香里がフォローしてくれた。充希との幸せな家庭を築くためにも、ここが踏ん張りどころだった。

しかし酒が入っていくと、徐々に座は乱れていった。誰かが店を変えて飲み直そうと言いだしたとき、由香里が「それなら女性もいたほうがいいでしょう」と女友達を何人か呼び寄せた。酔った男たちはもう拓馬には全然関心を向けていない。由香里もそれを見抜いていたのか、二次会へ移るタイミングでタクシーを呼び、一同からうまく抜け出すことに成功したのだった。

「大丈夫？　気分が悪いなら眠ってなさい」

「うう……はい」

タクシーの車内で拓馬は背もたれに頭を預けた。ただでさえ酒に弱いのに、無理して飲んでしまったのだ。社長連中と別れて緊張感が解けたのもあり、頭がぐらぐらして目を開けていられなかった。

「由香里さん、今日はありがとうございました……」

寝ぼけ声で呟いたあと、彼は正体をなくしていった。


どれくらい走っただろうか。拓馬がふと気がつくと、タクシーは閑静な住宅街で停車した。

「拓馬くん、起きて。着いたわよ」

「う、うーん……」

まだ酔いは醒めていなかった。しかし由香里に促され、車から出ると、外気が清々しく感じられた。昼間はもう暑くなりはじめていたが、夜の遅い時間ともなると、だいぶ涼しくなっている。タクシーは去っていった。

「ここがあたしの家。拓馬くんは寝ていたし、住所がわからなかったから。少し休んでいってちょうだい」

「ああ……。すみません」

由香里の自宅は、見るも豪華な高層マンションであった。オートロックを抜けたロビーは広く、人工の滝を配した共用の応接セットがある。深夜のいまは無人だが、コンシェルジュが詰めるカウンターまであった。

ふたりはエレベーターで十四階まで上がった。

「何もないところだけど、どうぞ入って」

「お邪魔します」

促されて彼は室内に入る。エントランスだけでも、拓馬の家のリビングくらいありそうだ。

廊下の照明も自動だった。由香里が進んでいくのと同時に点灯した。この日、彼女は上下とも白のパンツスーツ姿だった。後ろを歩く拓馬の目には熟女の妖艶なヒップが映っている。

リビングもやはり広々していた。

「そこのソファで寛いでいて。お水が欲しかったら、テーブルの引き出しを開けるとあるわ。あたしはちょっと着替えてくるわね」

彼女は言うと、別の部屋に行ってしまう。拓馬はフラフラとソファに向かい、どさっと倒れこむように腰を下ろした。世界が歪んでいる。喉もカラカラだった。彼は由香里が言っていたテーブルの側面を見た。ボタンがあり、押すと引き出しが開いた。

なかは冷蔵庫だった。ペットボトルの水を取り出して閉める。

「すごいな……」

ボンヤリと思いながら、冷たい水を飲む。美味い。それにしても、こんな広い家に彼女はひとりで住んでいるのだろうか。

水を飲むと、少し気分がよくなり、彼は立って室内を物色しはじめる。壁一面に大きな絵画が飾られていた。よくわからない抽象画だ。しかしテレビがない。ふと見上げると、丸まったスクリーンがあった。反対側の天井にはプロジェクターがある。一度でいいからこんな部屋に住んでみたい。

酔っているせいもあって、彼は大胆になっていた。リビングの一面にある引戸を見つけ、開けてみた。そこは寝室だった。

リビングからの明かりを受けて、ベッドが浮かび上がっていた。大きくて、寝心地の良さそうなベッドだ。彼は吸い寄せられるように寝室に向かう。途中で邪魔になったジャケットは床に脱ぎ捨ててしまった。

「うー、ダメだ……」

ベッドの誘惑に勝てず、彼はばたりと仰向けに倒れこむ。気持ちいい。横になったまま、もう一ミリも動けない感じだった。目を閉じると、睡魔に襲われ、そのまま意識を失っていった。

拓馬は夢を見ていた。夢のなかで彼は充希と結婚していた。瀟洒(しょうしゃ)な一戸建てに住み、幸せな新婚生活を送っている。仕事から帰った彼は妻と抱擁し、夕食をともにした。その後風呂から上がると、充希が冷えたビールを用意してくれている。新妻は愛らしかった。幸せの絶頂だった。

ところが、次の場面で拓馬はひとり路傍(ろぼう)に佇んでいた。尾羽(おは)うち枯らし、着ているスーツもボロボロだった。何もかも失(な)くした体である。充希はいなかった。パニックになった彼は、妻の姿を求めて駆けだしたが、周囲の風景は全然動かない。走っても走っても同じ場所にいるだけだった。悲しみと後悔が全身に広がっていく。あまりの理不尽さに叫びたかったが、まるきり声が出ない。助けてくれ！


——ふと気がつくと、拓馬はベッドに横たわっていた。夢だったのか、と安堵する。

そのとき足もとから声がした。

「よく眠っていたわね」

拓馬が声のほうに首をもたげると、ボンヤリと由香里の姿が目に入る。背中から照らされているので表情はわからない。だが、ふんわりとしたワンピースと見えたのは、じつは薄手のキャミソールであることがわかった。明かりに透けてボディラインがあらわになっていたのだ。

「ああ……」

まだ夢を見ているのだろうか。拓馬にはこれが現実とは思えなかった。豪華な高層マンションで妖艶な熟女が裸寸前の格好をして現れたのだ。さっき充希を失う夢を見て心細くなっていただけに、彼は人の温もりを求めていた。

「ずいぶんとうなされていたみたいね」

由香里は言いながら、ベッドに近づいてくる。

拓馬は声が出ない。うなされていた？　そうかもしれない。充希を失うという悪夢を見ていたのだ。しかし、このときの彼はもう美熟女の肢体しか目に入らない。

ベッドの足もとまで来ると、彼女はキャミソールを肩から落とした。

「ひと目見たときから、あなたには何かあると思っていたわ」

豊満なボディは、セクシーな下着に包まれていた。上下とも黒のランジェリーで、総レース編みの生地は薄く、肌が透けている。他の女が着けていたらあざとく見えそうな下着も、彼女は自然に着こなしていた。由香里は彼をじっと見つめながら、膝からベッドに上がってきた。

「ふうっ、ふうっ」

おのずと拓馬の呼吸が浅くなる。まだ酒は残っており、十分目覚めているとは言えない。だが、それ以上に信じがたい思いが彼の肉体を強ばらせ、金縛りに遭ったように動けなかった。

下着姿の熟女は、女豹(めひょう)が獲物を狙うように這い寄ってきた。

「今夜のあなたを見ていて確信したの」

彼女は言いながら、拓馬の腰の上に膝立ちで跨がる。

「素晴らしい未来が見えるわ。拓馬くんとあたしの」

「あ……」

由香里の手が伸び、彼のネクタイを外しにかかった。ネクタイは衣擦(きぬず)れの音をさせると、次の瞬間にはベッドの脇に放り投げられてしまう。

ようやく拓馬は声を出すことができた。

「由香里さん……」

「ん。なあに?」

聞き返すあいだにも、彼女の手はワイシャツのボタンを外しはじめている。マニキュアを施された長い爪が、器用に小さなボタンを手繰(たぐ)っていく。

「あぁ、俺……」

　由香里の体から甘ったるい香水の匂いがする。拓馬は心臓を高鳴らせ、されるがままになっていた。

　ワイシャツをすっかりはだけてしまうと、彼女は前屈みになり、青年の痩せた胸板に唇を寄せてきた。

「男の匂いがするわ」

「はうっ……」

　舌先で敏感な部分をくすぐられ、思わず拓馬は呻き声をあげる。彼女の長い髪が垂れかかり、脇腹をさらさらと撫でていた。

「ここ、気持ちいい？」

「ううう……はい……」

　下半身が重苦しくなってきた。拓馬はときおり目を閉じ、愛撫の感触に身を震わせる。こんないい女がなぜ俺なんかを――？

　すると、由香里も下腹部の変化に気づいたらしい。

「こんなになってくれて、うれしいわ。お酒が入っていても、これだけ元気になるんだもの。さすが若いのね」

彼女は決して焦らなかった。両手で彼の体をまさぐりながら、ゆっくりじっくり唇と舌を使って愛撫していく。

「ふうっ、ふうっ」

拓馬は熟女の巧みなリップに欲情を覚える一方、懊悩もしていた。いつもなら自宅に居る時間だった。充希と寝ているはずなのだ。

しかし、現実の悦楽には逆らえない。由香里の顔はいまや臍の辺りにあり、ズボンのベルトにかかっていた。

拓馬は思い惑う。目の前の美熟女は、あまりに魅力的だった。

「あのう、由香里さん――」

自分が何を言おうとしているのか不明なまま、彼は呼びかけた。

その声の調子に彼女の手が一瞬止まる。

「どうしたの。言いたいことがあるなら言って」

「あ、いや……その……」

だが、その先が出てこない。彼は充希のことを愛していたが、由香里は由香里で別の魅力があった。ふたりの女はまるで正反対だった。由香里は夜に属する女だ。ネオンの下で輝きを増し、妖しげな魅力を振りまきながら男たちを惑わせる。それに比べて充希は昼の明るい太陽がよく似合う。一人の男を愛し、柔和さと献身を以って包み込むのだった。彼は誠実さと欲望のあいだに揺れていた。

拓馬が黙っていると、代わりに由香里が口を開く。

「ねえ、拓馬くん」

「はい……？」

「拓馬くんも、あたしとこういうこと、してみたかったんでしょう？」

上目遣いに彼女は言うと、スラックスのチャックを開け、パンツの上からテントを撫でさすってきた。

たまらず拓馬は顎を反らす。

「うはあっ、由香里さんっ」

「あたしも欲しいの。拓馬くんのこれ」

そして由香里は股間に身を伏せ、パンツの上から肉棒を食んできた。

「んふうっ。牡（おす）の匂いがするわ」

「あああ、そんなことされたら俺……」

拓馬は全身に快感が広がっていくのを覚えた。世にも稀（まれ）な美熟女が、一日汗をかいて汚れた下着に顔を埋めているのだ。これが興奮せずにいられるだろうか。

「お尻を上げて」

由香里に促され、彼は言うとおりにした。ズボンといっしょにパンツは脱がされ、いきり立った逸物があらわとなる。

「あああ……」

「すごぉい。お臍にくっつきそうなくらい」

彼女は硬さを褒めそやし、肉棒を手に取って試すように何回か扱いた。

とたんに拓馬は身悶える。

「うはあっ、ヤバいって。それ……」

「あん、おつゆがいっぱい出てきたみたい」

彼女は言うと、真っ赤なルージュを引いた唇から舌を伸ばし、彼の表情を窺いながら鈴割れに浮かぶ先走りをペロリと舐める。

「ぐふうっ」

「とっても逞しいわ。素敵よ」

舌先を尖らせて先っぽをチロチロとくすぐり、かと思えば、根元から裏筋をねろりと舐めあげる。焦らすような舌遣いに、拓馬は我知らず腰を浮かせていた。

「ハアッ、ハアッ」

「おっきいの、しゃぶっていい？」

「う……はい。お願いします」

彼女の淫靡な問いかけが決定打だった。これ以上は耐えられなかった。

彼の返答を聞き、由香里は妖艶な笑みを浮かべる。

「よかった。じゃ、遠慮なく」

拓馬の見つめる先で、彼女は勃起物を呑みこんでいった。ひと回り近くも年上の女が、自分の逸物を咥えるさまは壮観だった。

「ううう……」

そして、ゆっくりとストロークが始まる。

「じゅるっ、じゅるるっ。んー、おいひ――」

「ハアッ、ハアッ。あああ、由香里さんそれ……」

「拓馬くんの感じている顔、とってもかわいいわ」

彼の反応を見ながら、徐々に上下動が激しくなっていく。

「じゅぷっ、じゅるるるっ、んふうっ」

「ぐあっ……んあああ、そんなにされたら」

「ああん、これ好き。拓馬くんのオチ×チンにハマっちゃいそう」

じゅぽじゅぽと陰茎を吸いながら、由香里は同時に陰嚢（いんのう）もまさぐっていた。

「あああっ、由香里さんっ」

たまらず拓馬は起き上がり、両手で揺れる双丘を捕まえた。

「んっ、拓馬くんったら」

「あああ、由香里さんのオッパイ」

最初はブラの上から揉んでいたが、物足りなくなり、やがて彼はカップから乳房を引っ張り出してしまった。

「ハアッ、ハアッ。こんなに柔らかくて――たまらないよ」

膨らみは手に吸いつくようだ。しっとりとした肌は触り心地が良く、双丘は揉みこむほどにこなれていくようだった。

するると、由香里も感じてきたのか、ふと顔を上げて言う。

「こんなに男が欲しくなったのは久しぶりよ」

「あ……ああ……」

拓馬は起き上がった彼女にそっと押し倒されていく。

「もうこんなもの、要らないわね」

由香里がブラを外すと、ぷるんと双子の熟した果実がこぼれ出た。そしてゆっくりと、彼の上に覆い被さってきたのである。

迫りくる女体に拓馬は目を奪われていた。なんて淫靡な体だろう。だが、そのとき彼女がパンティも穿いていないことに気がついた。土手に黒々とした恥毛が見える。いったいいつの間に？　パンティは夢幻のごとく消えていた。

気づくと、由香里は彼の上に膝立ちで跨がっていた。

「なんだか興奮しちゃうわ」

彼女は言いながら、逆手で肉棒を捕まえた。妖艶な笑みを浮かべている。

仰向けの拓馬はされるがままだった。由香里が訊ねる。

「拓馬くんのオチ×チンを、あたしのオマ×コに挿れていい？」

「え、ええ……」

興奮に掠れ声を出すのが精一杯だった。頭はボンヤリとしたままだが、それが酒のせいなのか、それとも由香里の色香に酔い痴れているためなのかわからない。

ともあれ、目の前の淫らな裸体は現実だった。惜しげもなく晒された肉体は、青年の劣情を煽りたてずにいられない。

由香里は彼の顔をじっと見つめながら、ゆっくりと腰を落としてきた。

「あっふう」

「ううっ」

肉傘に粘膜が触れる。拓馬は痺れるような快感に呻き声をあげた。

由香里は感触を確かめるように腰を沈めていった。

「あんっ……あああ、きた……」

花弁に太竿が突き刺さると、彼女はウットリとした表情を浮かべる。

そしてついに蜜壺は肉棒を根元まで呑みこんだ。

「あたしの中が拓馬くんでパンパン」

「ううう、由香里さん……」

温もりに包まれ、拓馬は愉悦に目眩がするようだった。ついにヤッてしまった。向こうから誘惑してきたとはいえ、彼は充希を裏切ってしまったのだ。罪悪感の冷たい刃に心臓が突かれる痛みを覚えた。

しかし、由香里の美貌と媚肉のもたらす悦びが罪の意識を拭い去る。

「ひと目見たときから、あなたとこうしてみたかったのよ」

吐息混じりに言いながら、彼女は腰を動かしはじめた。

とたんに拓馬は身悶えた。

「ぐふうっ、ゆっ、由香里さんっ」

「あんっ、いいわ。とっても」

由香里は髪を乱し、腰をくねらせた。彼女が上下するたび、くちゅっくちゅっと湿った音が鳴る。

「ああん、んんっ、イイッ」

「ふううっ、ううっ……あああ」

めくるめく官能が拓馬を襲い、些末な日常から引き離していく。四十路熟女の蜜壺はうねり、盛んに愛液を漏らしては、太竿をねぶり翻弄した。

「ハアッ、ハアッ、うあああ」

「んあぁっ、素敵よ。拓馬くんのオチ×チン」

グラインドは次第に縦横無尽になっていく。由香里は柔軟に腰を回し、肉棒を咥えこんで離さなかった。

「ううっ、由香里さん……」

まさに名器であった。膣壁は微細な凹凸で竿肌をくすぐり、たぐり寄せるように蠢いた。拓馬は息を切らし、愉悦の高波に押し流されていく。

「あんっ、イイッ、んふうっ」

そして由香里もまた悦楽に浸っていた。汗ばんだ肌を紅潮させ、重たげな乳房をゆさゆさと揺らしながら、荒波を見事に操っていた。

媚肉は吸いつくようだ。拓馬の両手は熟女の太腿を擦っていた。

「あああ、ヤバいよ。由香里さんの――」

「拓馬くん、とっても気持ちよさそう。あたしも……あああっ」

いつしか拓馬は罪悪感を忘れていた。蠢く媚肉の快楽に体裁や建前は意味を失っていく。このひとときの愉悦がすべてだった。

「あああ、由香里さぁん……」

彼女とこうなることは運命だったのだ。由香里がそうであったように、彼も初めて会ったときから彼女に心惹かれていた。すべてはタイミングの問題に過ぎない。欲望は巧みに理屈をこしらえあげて、自分自身すら騙してしまう。

すると、不意に由香里の腰使いが変化を見せた。

「んあああっ、奥に……奥で感じるのっ」

喘ぐとともに、彼女の体が前屈みに倒れてくる。密着し、たわわな双丘が拓馬の胸に押しつけられてきた。

「由香里さんのオマ×コ、あったかくて、気持ちいいよ」

「あたしも。ああっ、いいわ。あたしたち、相性がいいみたい」

由香里が唇を重ね、舌を絡ませてくる。拓馬は無我夢中で舌を伸ばし、女の唾液を貪った。

そうしながらも彼女はふたたび腰を振ってきたのである。

「んふうっ、じゅるっ。んふぁ……んんんっ」

「ちゅぽ。はううっ、由香里さん……」

ふたりが密着しているため、振幅は小さかった。だが、蜜壺は別個の生き物のように蠢いて、肉棒を愛撫し、彼をいたたまれない思いに誘った。

「うはあっ、由香里さん。俺もう――」

この悦楽にいったい誰が耐えられるというのだろう。拓馬は必死に彼女を抱きしめ、射精感が迫りくるのを覚える。

かたや由香里も絶頂を目指しつつあった。

「すごいわ。んあああっ、もっと。あああっ」

自ら腰を動かしながら、盛んに熱い息を吐き、快楽を貪っている。

女の甘い匂いに包まれ、拓馬は愉悦の渦に巻きこまれていく。

「ぬあああっ、俺……。ううっ、もう――」

あまりの快感に彼は自分でも意識しないまま、下から腰を穿ちはじめた。

「ハアッ、ハアッ、うあああっ」

想定外の反撃に由香里は身悶える。

「はひいっ……拓馬くん、すごいわ」

「あああ、もうどうしようもないんだ。俺……、あああっ」

「いいのよ。あたしも——はううっ、いっしょにイキましょう」

息を切らしながらも、由香里は言った。体を一層押しつけるようにし、太腿で男をがっちり捕まえて、たっぷりした尻を小刻みに揺らす。

繊毛のような細かい襞が、太竿をくすぐるのが目に見えるようだった。

「うはあっ、本当にもう……あああ、出ちゃうよ」

「出してっ。あたしの中に……んあああっ、拓馬くんの熱いの」

「出すよ、出るよ。マジで……ぬあああっ、出るっ!」

熱に浮かされ、睦言を交わしながら、拓馬は辛抱たまらず射精した。

「ううっ」

すると、由香里も悦楽に身を震わせはじめた。

「あひいっ、イク……イクイクイクイク、イッちゃうううっ!」

彼の耳元で喘ぎながら、媚肉を押しつけるようにして絶頂したのだ。

「はぁん、イイッ！　んふうっ、あああっ」

そしてさらにもう一度、ガクガクと全身を震わせて、最後の一滴までを搾り取ろうとするのだった。

「ううう」

「んふうっ」

絶頂したあとも、余韻のようにふたりの腰は動きつづけた。だが、徐々にグラインドは収まりをみせ、由香里はぐったりと拓馬の上に脱力した。

凄まじい快楽にしばらくは身動きすらできなかった。拓馬は由香里の体を抱いたまま呆然としていた。

「すごくよかったわ。癖になっちゃいそう」

先に立ち直ったのは由香里であった。彼女は言うと、大儀そうに彼の上から退いた。

「あんっ」

「ううっ」

結合が離れた瞬間、敏感になったふたりは呻き声をあげる。由香里の膣からこぼれた白濁が内腿を滴り落ちていた。

ようやく息が整うと、拓馬は彼女に答えた。

「俺も。こんなの生まれて初めてです」

「あたしと、こんなふうになって後悔してない？」

「まさか。由香里さんみたいな人と——夢みたいです」

「まあ。かわいいこと言ってくれるのね」

由香里は目を細め、彼の唇にフレンチキスをする。

明るいリビングの時計を見ると、すでに午前十二時を回っていた。充希と同棲して以来、午前様になるのはこれが初めてのことだった。


由香里のマンションを訪れた夜、午前一時過ぎに拓馬が帰宅すると、充希はすでに就寝していた。翌朝、拓馬は内心の気まずさを覚えたが、彼女はいつも通り明るく振る舞い、非難めいたことなど口にしなかった。

しかし、一週間のうち三日も四日も遅い帰りが度重なってくると、さすがの充希も不安を感じてきたようだった。

久しぶりの休日に拓馬が自宅で寛いでいると、充希が切り出した。

「拓くん、最近顔色がよくないよ。無理してない？」

彼女らしい言い回しだが、後ろ暗いところのある拓馬は警戒してしまう。

「なんで？　無理なんかしてないけど」

「お仕事を頑張っているのはわかるけど、体を壊してしまっては元も子もないじゃない。わたし、心配なの」

「だって仕方ないじゃないか。お得意さんとのつき合いってものがあるんだ」

守勢に入るあまり、彼の口調は刺々しくなる。充希は折れた。

「うん、だよね。ごめん、わたしちょっとだけ寂しかったものだから。わがままを言ってみたくなったの」

しおらしい言葉を聞いて、拓馬は罪の意識に駆られた。

「俺のほうこそ、ごめん――そうだ。今晩は外に食べに行こうか」

「本当？　じゃあ、駅前にできたラーメン屋さんに行ってみたい」

こうして事なきを得たようだが、充希が不信を抱きつつあるのは確かなように思われた。完璧だった恋人同士には、いつしか隙間風が吹きはじめていた。

かたや仕事面では順調だった。拓馬は係長に昇進していた。もちろん肩書きが付いたからといって、飛びこみセールスをしなくなるわけではない。自分の売り上げを立てながら、部下の面倒も見なくてはならないのだ。その代わり、役職手当が付き、営業本部の仕事も任されるようになった。営業本部というのは、全国のフィットネスジムや小売店に商品を卸す、社内的には本流に当たる事業である。いわば彼は出世街道の端緒についたところであった。

当然、仕事は忙しくなる。社長連中とのつき合いも、ますます盛んになった。充希への弁解はまんざら嘘でもなかったのだ。

だが一方、拓馬は由香里との関係にものめり込んでいった。宝飾品バイヤーとの逢瀬はいつも刺激的だった。

その日、彼は地方出張からの帰りだった。営業本部の仕事で関西方面へ行っていたのだ。

仕事は何ら支障なく、拓馬は新幹線でのんびりと帰途についていた。

しかし、彼の隣の席には由香里もいたのだ。

「今回は大収穫だったわ。思いがけない拾いものもあったし」

彼女も商品の買いつけに行った帰りだった。とはいえ、同じ便になったのは偶然ではない。ふたりは出張先で連絡を取りあい、示し合わせて座席を購入したのだ。

「由香里さんの顔を見た瞬間から、上手くいったのはわかりましたよ」

「でしょう。この調子なら、将来の計画も早まりそうよ」

季節は初夏になっていた。由香里は白のブラウスに黒いタイトスカートという出で立ちだった。クーラーの冷風避けにショールを肩に掛けている。

「拓馬くんのほうはどうなの」

「全く問題なし。そもそも問題になるようなこともないいんですけどね」

拓馬は流れる景色を背景に美熟女を眺めていた。いつ、どこで見ても、やはりいい女だった。ブラウスの膨らみやスカートから伸びる生脚が色っぽい。

由香里は仕事の上首尾に興奮しているようだった。

「ねえ、今回手に入れたお宝を見てみたくない？」

彼は宝石類にはまるで知識もなければ、関心を抱いたこともない。だが彼自身、この秘密のランデブーに昂ぶっていた。彼女の手放しの喜びように水を差すつもりはなかった。

「うん、見てみたい」

「でもここじゃなんだから、人目につかないところに行きましょう」

高価な宝石を客車で晒す危険を暗示し、彼女は席を立つ。拓馬もいっしょについていった。

由香里が向かったのは、隣の客車にあるトイレだった。ふたりは周囲に人がいないことを確かめると、素早く個室に入って鍵をかけた。

「ここなら人に見られないでしょ」

彼女の言うとおりだ。しかし個室は狭く、ふたりはほとんど触れあわんばかりだった。拓馬は小声で言った。

「ドキドキしますね」

「本当ね。なんだか悪いことをしているみたい」

おどけて言う由香里の目が妖しい輝きを放ちはじめる。

「あなたと会うのが待ちきれなかったわ」

「由香里さん――」

「宝石は後回しでいいわ。ねえ、そう思わない？」

彼女の腕が拓馬の首に回され、唇が吸い寄せられてくる。

「こんなところでマズいよ……」

不意をつかれながらも、拓馬は女の甘い息の匂いに酔っていた。お宝を見せると言ったのは、彼女の策略だったのだ。

熱い舌が絡みあい、唾液が盛んに交換された。

「んふうっ、拓馬ぁ」

「こういうの、すごく興奮するよ」

ついに拓馬も堪らなくなり、ブラウスの上から膨らみを揉みしだく。

「あんっ、拓馬くんったら」

たしなめるようなことを言う由香里も、スラックスの股間をまさぐってくる。

「ううっ……」

たまらず彼は由香里のスカートをたくし上げてしまう。パンティの裾から手を差し入れると、そこはぐっしょり濡れていた。

「あふうっ、ダメよ。いきなり」

「だって、こんなに濡れているじゃないか」

「あなたのも見せてちょうだい」

囁き声で言い交わしながら、彼女の手がズボンを脱がせていく。狭い個室で行うのは苦心したが、その不自由さがまた男女の欲情を煽りたてた。

まろび出た肉棒はすでにいきり立っていた。

「まあ、大変。こんな状態じゃ、席に戻れないわ」

彼女は冗談交じりに言いながら、逆手に肉棒を扱いてきた。

「はううっ、握りがきついよ。由香里さん」

お返しとばかりに彼は肉芽を探り、指先で捏ねまわした。

とたんに由香里が顎を持ち上げる。

「あうっ、そこっ。感じちゃう」

ふたりは息のかかる距離で向かいあい、互いの陰部を愛撫した。そうしているあいだにも、ときどき車体が揺れたが、なんとか足場を確保して堪えた。

「つくう。由香里さん、俺もう我慢できないよ」

太竿に巻きつくような手つきに堪えきれず、拓馬が挿入を訴える。

すると、由香里も同じ気持ちだったらしい。

「いいわ。このままきて」

彼女は壁にもたれて安定を確保すると、脚を広げてスカートをさらにたくし上げ、パンティの裾を自らの手で脇にずらして割れ目を露出させた。

この淫靡な光景に拓馬はいやが上にも欲情する。

「ああ、由香里さん。いやらしいよ」

彼は膝までパンツを下ろした状態で美熟女に迫る。そして少し膝を屈め、反り返った逸物をパンティの脇から蜜壺めがけて突き上げた。

「ほうっ……」

「ああっ……」

太竿は根元まで貫いた。ふたりは立位でつながった。

抽送をリードするのは拓馬だ。彼は由香里を壁に押しつけるようにしながら、膝を屈伸させてストロークを開始した。

「ハアッ、ハアッ、ううう……」

「あんっ、イッ……あふうっ」

媚肉は牝汁を滴らせ、肉棒が突き上げるたび、くちゅくちゅと湿った音をたて、泡立ち白い筋となって内腿を濡らしていく。

車内は冷房が効いているとは言え、瞬く間に肌から汗が噴き出した。

「ハアッ、ハアッ。会いたかったよ、由香里さん」

拓馬は息を切らし、肉棒を抉りこむ。

由香里の顔は、不思議と汗ひとつかいていなかった。

「うふうっ、あたしも。待ちきれなかったわ」

しかし、彼女も首から下は熱を帯びているようだ。ブラウスの生地が汗で肌に貼りついている。

由香里の家で一夜をともにしたあと、拓馬はもう彼女とはこれきりになるだろうと思っていた。彼女ほどの美女だ。おそらく自分のことなど一夜限りの遊びに過ぎなかったのだろうと考えていた。

ところが、その翌日には彼女のほうから連絡があったのだ。仕事面で協力しあおうと言ったのは嘘ではなかった。彼らは日中に待ち合わせて落ちあい、いくつかの取り決めをした。「お互いに高みを目指しましょう」由香里の言葉に彼は武者震いするのだった。

新幹線の静かな走行音をＢＧＭに男女はまぐわっていた。

「ああ、拓馬くん。今日は一段と力強いのね」

由香里は喘ぎながら彼を引き寄せ、唇を押しつけてくる。

濡れた舌が這いこみ、拓馬も舌を差しのばす。

「ちゅろっ。由香里さんこそ、今日は特別オマ×コが……っくぅ」

「そうよ。最高の取引ができたし、帰りにはこうして拓馬くんと——ああん、こんなふうに会えたんだもの」

彼女は自分の商売を愛していた。彼をトイレに誘ったときの口実も、当初は満更嘘でもなかったのだろう。商売が上手くいったときの彼女は、とりわけ欲情するようだった。

燃え盛るふたりは夢中で舌を絡めあった。

「んふうっ、れろっ、ちゅぱっ」

「由香里さん、きれいだ。ちゅるっ、れろちゅばっ」

下半身も動きつづけている。蜜壺はうねるように太竿をたぐり寄せる。

だが、そのときだった。外の通路に足音が近づき、あろうことか扉をノックされたのだ。

個室のふたりは凍りついた。思わず抽送は止まり、顔を見合わせた。

血の気の引いた拓馬は囁く。

「どうしよう。こんなところを見つかったら――」

身動きもできず怯えていると、またコンコンとノックの音が鳴る。乱暴な叩き方ではないものの、どうやら外の人物は焦っているようだ。

一方、由香里は落ち着いたものだった。目顔で拓馬に黙っているよう指示すると、片手を扉に伸ばしてこちらからもノックを返し、

「すみません。もうしばらくかかりそうです」

と、切羽詰まった声色を使って言ったのだ。

女性の声を耳にした待ち人は、それで事情を了解したらしい。返事こそなかったが、

まもなく遠ざかっていく足音が聞こえてきた。

拓馬はホッと胸を撫で下ろす。

「よかったあ。バレるかと思いましたよ」

「あの人、たぶん一つ隣の車両に行ったんでしょうね」

由香里は言うと、悪戯（いたずら）が成功したときのようにクスクス笑った。つられて拓馬の顔にも笑みが広がる。

「由香里さんって、女優なんですね」

「あら、知らなかった？　女はみんな女優なのよ」

彼女はふたたび腕を回し、濃厚に舌を絡めてきた。

一瞬焦った拓馬にも劣情がよみがえってくる。

「ああ、由香里さん……」

抽送が再開された。中断させられたことで、欲情はさらにいや増すようだった。

「ハアッ、ハアッ、ハアッ、ハアッ」

「あんっ、んっ、んんっ、イイッ」

当然、声は潜めざるを得なかった。だが、悪いことをしているという意識と相まって、ふたりだけの秘めごとは余計に燃えた。

おかげで拓馬は瞬く間に昇り詰めていく。

「ううう、もうダメかも……。出ちゃいそうだよ」

「あんっ、中でヒクヒクしてるもの。ああん」

由香里も感じているのだろう。甘い声で喘ぎながら、煽りたてるように彼の耳たぶを咬んできた。

「うふうっ、素敵よ。拓馬くん──」

「うはあっ、ゆっ、由香里さんっ」

ゾクッとするような愉悦が背筋を駆け上がる。彼女の体からたち昇る香水の匂いが、汗と混ざりあって、得も言われぬフレグランスを醸し出していた。

拓馬はラストスパートをかけた。

「おおおおっ、由香里さん、イクよ」

「あふうっ、イイッ……」

全身汗まみれになりながら、彼は肉棒を叩きこんだ。悦楽はすぐそこだ。

「うあああっ、もう出るよ。イッちゃうよ」

陰嚢がぐぐっと持ち上がり、熱い塊が奥底から押し寄せてくる。

ところが、もうすぐというところで、不意に由香里が彼の体を押し退けて、ペニスが蜜壺から外れてしまったのだ。

「え……？」

呆気にとられる拓馬。だが、彼女はすぐさま身を屈め、牝汁塗（まみ）れの肉棒をパクリと咥えこんでいた。

「出して」

肉傘を口に含みながら、彼女は太茎を手で扱く。もとより射精寸前だったのだ。堪えきれるわけもなかった。

「うはあっ、出るっ！」

白濁は勢いよく口中に解き放たれていた。拓馬は頭が真っ白になる。

一方、由香里はウットリとした表情を浮かべ、怒濤（どとう）を喉で受けとめた。

「んぐっ……んふうっ」

彼女は出されたものを一滴残らず飲み干していた。彼が射精してからも、しばらく肉棒を咥えたまま、ご馳走を堪能したあとのように余韻を味わっていた。

ようやく口から肉棒を離した熟女の目は淫らな輝きを放っていた。

「いっぱい出たわね」

かたや拓馬は呆然としていた。口内発射の快感はもちろんながら、由香里が精液を飲み干してしまったことに感動していたのだ。

「由香里さん――」

「さ、そろそろ席に戻りましょう」

平然と着衣を直す由香里を見て、拓馬はますます彼女に惹かれていくのを感じていた。美熟女との逢瀬には、常に新鮮な驚きがある。

やがて新幹線は東京駅に到着し、ふたりは駅で別れることになった。

「そうだ。今度また経営者と飲みの席があるの。拓馬くんも来るでしょう？」

「ええ、もちろん。喜んで伺いますよ」

「よかった。じゃあ、また連絡するわね」

「お待ちしています」

拓馬は駅の雑踏に去りゆく熟女を見送っていた。由香里は充希の存在を知ったうえで彼と肉を交わした。彼にとっては都合のいい女、ともいえる。だが、向こうはそれで満足なのだろうか――そこはかとない疑問は残りつつも、野暮な質問をして台無しにはしたくなかった。

それから拓馬は会社に戻り、仕事を終えて充希の待つ自宅に帰る。恋人と愛人。自分勝手な話だが、彼はこの関係がいつまでも続けばいいと思っていた。

第三章　充希の幸せ計画

夏の盛りに小学校で親子健康増進イベントが開かれた。区主催のものだが、多くの企業も協賛として参加しており、拓馬の会社も名を連ねていた。

イベントは盛況だった。拓馬も会社の代表としてボランティアを務めており、参加者たちの世話に奔走していた。

「秋本さん、じゃあそろそろ休憩に入って」

「わかりました。ありがとうございます」

校庭で行われていた親子ゲーム大会のスタッフをしていた彼は、休憩に入るためブースを離れる。汗で下着の中までびしょびしょだ。

拓馬は炎天下から逃れようと、いったん校庭を離れ、校舎に向かう。冷房が効いているのは一部の教室だけだが、建物の影に入るだけでも全然ちがう。途中で買った冷たいジュースを片手に、せっかくだからと校舎内で行われている催し物を覗くことにした。

　すると、廊下でよく知った顔に会った。由香里だ。

「どうしたんですか、こんなところで」

　意外な場所で意外な人物に出会ったものだ。彼が声をかけると、由香里はうれしそうに笑みを浮かべた。

「あら、拓馬くんじゃない。あなたがいるなんて思わなかったわ」

　大勢の親子がひしめくなかで、彼女の姿は異質だった。爽やかなベージュのパンツスーツが決まっており、圧倒的な色香を周囲に放っている。

　拓馬がボランティア参加している経緯を説明すると、由香里はなるほどと頷いて自分のいる理由を語りだした。

「あたしの目的はあれよ」

　彼女は言うと、廊下にたむろしている一団を指差す。拓馬は訊ねた。

「なんですか、あれ。制服の子が多いみたいだけど」

「私立N大付属小学校の制服よ。ほら、この区内にあるでしょう」

「あー」

　由香里の狙いは、名門私立に子供を通わせる保護者たちだった。当然ながら裕福な家が多く、宝飾品などのアンティークにも関心が高い層である。

「どんな需要があるかわからないじゃない？　だから、こういうところでお近づきになっておくの」

「へえ、すごいですね」

拓馬は感心してしまう。彼女は常日頃からそんな努力をしているのだ。身が引き締まる思いだった。

だが、それより彼は由香里と偶然出会えたことに舞い上がっていた。妖艶な美熟女は周囲の耳目を惹いていた。特に父親たちの羨む目が心地いい。

(俺は彼女と寝ているんだぞ)

内心の得意を吹聴したい気分だが、もちろん声に出したりはしない。ところが、偶然はときとしてピンチを招くこともある。

拓馬が由香里との会話に夢中になっていると、声をかけられた。

「拓くん、ここにいたんだ」

「充……ちゃん――」

エプロン姿の充希であった。じつは彼女の保育園も、今回のイベントに参加していたのである。今朝もいっしょに家を出たのだ。彼も決して忘れていたわけではないが、由香里といるところへ不意をつかれた恰好だった。

充希は由香里の姿を認め、拓馬に訊ねるような顔を向けた。

「い、いや。ちょっと休憩中でさ――。あれ、子供たちは？」

焦った彼はしどろもどろになりかける。内心の驚きを隠そうとしたが、あまり上手くはいっていない。

「わたしも、さっき休憩をもらったの」

充希は答えたが、彼のわざとらしい口調にますます不信を深める結果となった。

マズい。拓馬が口ごもり、パニックになりかけたとき、助け船を出したのは由香里であった。

「秋本さん、ご紹介いただいてよろしいかしら」

彼女の機転を利かせた対応に拓馬はふと我に返った。

「あ……ああ、失礼しました。充ちゃん、こちらは仕事でお世話になっている真矢さんという方で――」

「あなたが秋本さんがいつもお話しされている、充希さんね」

由香里があとを引き取ると、充希は意外そうな顔を彼に向ける。

「いやだわ、拓くんったら。どんなことを話したの」

だが、それに答えたのは由香里だった。

「素敵なかわいらしい恋人がいる、っていつものろけられているんですのよ」

如才ない熟女のお世辞を受け、充希は一瞬うれしそうな表情を浮かべた。だが、女の目から見ても、由香里はあまりに美しく感じられたのだろう。

「もう、拓くんてば。わたしたちがいっしょに住んでいることまで話したりしているんじゃないでしょうね」

充希は対抗心を燃やしているようだった。相変わらず拓馬に話しかけながらも、その言葉は目の前の美熟女に向けられているのは明らかであり、自分たちが同棲しているのだということを強調していた。

(どうしたんだよ、充ちゃん……)

女の勘というやつだろうか。いつもに似合わぬ敵愾心(てきがいしん)をあらわにする恋人を目の当たりにして、拓馬は背筋に冷たいものが走るのを感じる。

一方、由香里も充希の目に好戦的なものを見出したようだった。

「ねえ、充希さん。あなたご存じ？　秋本さんね、このごろ銀座界隈ではちょっとした顔になっているのよ」

「え……。そうなんですか？」

充希は不意をつかれたようだった。自分の知らないことを言いだされたのにショックを受けた顔をしている。

由香里は続けた。

「ええ、そうなの。あの辺って昔ながらの老舗が多いじゃない？　本来はすごく閉鎖的なコミュニティなの。けれど、あたしが紹介してあげたら――ほんのきっかけを作っただけに過ぎないのよ――すぐにみんなの人気者になって」

「へ、へえ。そうなんですか」

充希は精一杯虚勢を張っていたが、形勢はすっかり逆転してしまう。

「あたし、思うのよ。彼はこんなところで満足していい人じゃない、って。もっとずっと上を目指すべきなんだわ」

由香里の口調はあくまで落ち着いていたが、対抗心を燃やしているのは明らかであった。このままいけば一触即発の場面は避けられないように思われた。

危機を感じた拓馬は生唾を飲み、ふたりの女に割って入るように言った。

「まあまあ、由香……真矢さん。あれです、その……俺、仕事の細かいことはあまり家では喋らないんですよ。だよね、充ちゃん」

「ええ、そうね。そうかもしれない」

充希はまだ不服そうだが、彼が自分を恋人として扱っていることで、なんとか矛を収めることにしたようだ。

こうしてこの場はなんとか収まったものの、最後まで気まずい雰囲気は拭いきれなかった。充希はまだ彼が由香里と寝ていることは知らないまでも、これではっきりと存在を意識してしまったわけだ。拓馬は自分に試練のときが近づきつつあるのを感じていた。

小学校でのイベントから数日後のことだった。自宅で拓馬が夕食後にテレビを見ながら寛いでいると、風呂上がりの充希が話しかけてきた。

「ねえ、拓くん」

「ん？」

「こないだお母さんと電話で話したんだけどね」

「うん」

「そろそろ食事でもいっしょにしない？　お母さんも拓くんに会ってみたいって」

拓馬はとっさに返事ができなかった。充希は彼のことを母親には話してあったが、同棲については事後報告であった。半ば内緒で始めてしまったようなものだ。

パジャマ姿の充希は彼の横顔を見つめていた。

「ねえ、どうかな。週末に時間があるときにでも」

「う、うん……」

拓馬は視線を感じながらも、頑なにテレビの画面を眺めるフリを続けた。将来のことを考えるなら、いつかは両親に挨拶に行かねばならないことはわかっている——だが、今じゃない。彼は充希を愛していたが、一方には由香里の存在があった。こんな曖昧(あいまい)な状態で彼女の親の前に出る自信はなかった。

彼の優柔不断な態度に接し、充希は妥協案を提示する。

「お父さんとはまた別の機会でいいの。どう、お母さんと三人で」

彼女を騙すようなことはしたくない。それにしても、今日の充希は執拗だった。事を急いているようにも思われた。考えられる理由はひとつしかない。由香里と対面したことが影響しているのは間違いなかった。

結局、拓馬は問題を先送りにすることにした。

「行きたいのは山々だけど、ここしばらくは週末も忙しくなりそうなんだ。ほら、係長になって営業本部の仕事も増えたし。だから、もう少し待ってくれないかな」

すると、充希もそれ以上は無理強いしてこなかった。

「うん、わかった。じゃあ、拓くんのお仕事が落ち着いてからでいいわ」

「ごめん。しばらくのことだから」

言いながら、拓馬の胸は痛んだ。充希と結婚するなら、その前に由香里との関係を清算しなければならない。だが、自分にそれができるだろうか。


朝、拓馬がまだ自宅にいるとき、スマホに一斉メールが送られてきた。会社からだ。

「うわっ、マジか！」

突然大声を出したため、身支度を調えていた充希が驚いて訊ねる。

「どうしたの、いったい」

「ある商品に欠陥が見つかったんだ。回収騒ぎになっているらしい」

会社のメッセージは淡々と事実を伝えていたが、大事になっているのは間違いなかった。各営業マンは出社せず、ただちに得意先へ向かって事情説明をするよう指示されていた。

欠陥の見つかった商品は、会社の主力製品だった。影響は甚大だ。下手をすれば、会社存亡の危機だった。

「とにかく俺、もう出るから。あとを頼むね」

「帰りは遅くなりそうなの」

「うん。何時になるかわからない」

「気をつけてね」

見送る充希に返事もせずに彼はアパートを飛び出した。

外に出た拓馬は、顧客リストを思い浮かべながら、混乱する頭で回るルートを考えていた。

「生産管理課はなにをやってるんだよ、ったく」

スマホで社内情報にアクセスすると、思ったより問題は深刻であることがわかった。件(くだん)の商品には製造段階で異物が混入していたらしい。しかも、混入物は人体に有害かもしれないとあった。体に悪い健康食品などシャレにならないではないか。

ともあれセールスマンにできるのは、いち早く客先に出向いて謝罪し、製品回収の協力をお願いすることだけだった。拓馬も一日足を棒にして走り回り、方々に頭を下げて、少しでも客離れを防ぐことに腐心した。

拓馬が会社に戻ったのは、すっかり夜になってからだった。いつもは賑やかな社内が、この日ばかりは静まり返っている。上司たちはみな頭を抱えていた。

喫煙ブースには、帰社したセールスマンたちが溜まり、ひそひそと噂を言い交わしている。拓馬もその仲間に加わった。

「上のほうはどうなってる。何か聞いた？」

「あっ、秋本係長。いえ、僕らもさっぱりなんですけどね――」

答えたのは、三歳年下の部下だった。上司より顧客の数が少ないため、早くに戻ってきたのだった。彼は言う。

「ただ、さっき業務の子に聞いたところだと、かなりマズいみたいです。行政の手が入るとかなんとか」

「本当か!?　それはマズいなあ」

「社長以下役員が会議室にこもりっぱなしなんですよ。廃業の噂もあるらしくて」

廃業の二文字を耳にして、拓馬は背筋がゾクッとするのを覚えるが、部下の手前、なんとか顔に表わさずに堪える。

「まだ具体的な被害が出たわけじゃないんだ。まさかそこまではないだろう」

「ええ。だといいんですけど……」

部下を慰めながらも、拓馬は目の前が暗くなる。もしこれで廃業にでもなるなら、これまで顧客を開拓し、育ててきた苦労が無になってしまう。せっかく昇り調子になってきたというのに、これはあまりにひどい仕打ちではないか。

だが、結局それ以上の進展は見られなかった。不安なセールスマンたちは社内にグズグズ居残っていたが、部長に帰宅するように言われ、仕方なく会社をあとにするのだった。

家に向かう足取りは重かった。最悪の事態が脳裏をめぐり、拓馬はどこをどう帰ってきたのかもわからない状態だった。

アパートに着くと、部屋には明かりがついていた。だが、彼は玄関前でためらってしまう。充希とどんな顔をして会えばいいのだろう。

考えもまとまらないまま、拓馬はドアを開ける。

「ただいま……」

すると、充希はキッチンで夕食の支度をしているところだった。

「お帰りなさい。すぐに用意できるからね」

「うん……」

うちひしがれた声で答えながら靴を脱ぎ、部屋に上がる。だが、拓馬はいつものようにリビングへ向かわず、キッチンに佇んだままだった。

その気配を感じたのか、充希は仕事の手を止めて彼のほうを向いた。

「どうしたの？　──いやだ、真っ青じゃない。今朝の欠陥のこと？」

充希の問いかけに、拓馬は黙って頷くことしかできない。

「大丈夫？　会社のほう、あまりよくないことになりそう？」

表現こそ控えめだが、彼女の目が懸念を示していた。この一日、充希は充希で彼をずっと心配していたのだろう。

その思いに拓馬の重い口が開く。

「じつは──そうなんだ。一日歩き回ったけど……、行政の手が入るっていう噂もあって──」

それから彼は一連の経過を説明した。トラブルは重大で、会社が傾きかけていることも打ち明けていた。

「俺、もうどうしたらいいかわからなくて。ごめん」

「拓くんは悪くないわ。謝らないで」

充希は目に涙を浮かべるが、こぼれ落ちる前にぐっと堪えたようだった。

しかし、拓馬はなおもうな垂れたままだった。今の彼は抜け殻だった。

「拓くん……」

そんな彼を見かねたのか、充希は進み出て抱きしめてくる。

「わたしはあなたがいればそれで十分よ。辛いだろうけど、元気出して」

「充ちゃん」

恋人の温もりを感じ、拓馬は全身から強ばりが抜けていくようだった。辛さは変わらないが、帰れる場所があるというのはいいものだ。

すると、これまで気づかなかった料理の匂いが感じられた。

「もしかして、今日はカレー？」

「そうよ。拓くんが大好きなお野菜ゴロゴロのやつ」

顔を上げた充希は微笑んでいた。

「ああ、充ちゃん――」

慈母のような笑みに拓馬は愛おしさが募り、彼女をきつく抱きしめる。愛おしさに胸が締めつけられるようだった。

「拓くん。ねえ、苦しいよ」

充希が笑いながら訴える。思わず力が入ってしまったのだ。

「あ、ごめん。つい」

拓馬は腕の力を緩めた。ふたりは顔を見合わせる。そうして暖かな思いが通いあった瞬間、ふと彼は未来を思う。今後も苦しいとき、きっと支えてくれるのは彼女の笑顔なのだろう。

だが、彼は腕を解きはしなかった。彼女を離したくない。

「充希」

拓馬の手が彼女のTシャツの内側に潜りこみ、ブラの上から膨らみをまさぐりはじめる。

突然のことに、充希は肩をすくめるようにして身を捩った。

「ちょっとぉ、拓くんったら」

だが、本気で振りほどくつもりはないようだ。クスクス笑いながらも、彼の愛撫を受け入れていた。

劣情が拓馬を衝き動かしていた。今すぐ彼女が欲しい。次第に愛撫は熱がこもり、彼はブラをめくりあげて直接乳房を揉みしだいていた。

「ふうっ、ふうっ」

「あんっ、もう……」

朗らかだった充希の声に甘い吐息が混じりだす。堪えきれなくなってきたのか、彼女は愛撫の手を逃れて振り向くと、顎を上げて唇を突き出すようにした。

「チューして」

「かわいいよ、充希」

正対したふたりは唇を重ねる。すぐにどちらからともなく舌が伸ばされ、相手の口中に這いこんだ。熱のこもったキスだった。

拓馬の下半身は早くも反応を見せていた。勃起した逸物はスラックスを持ち上げ、彼女の下腹部に押しつけられている。

「ちゅぱっ、るろっ」

「んふうっ、拓馬……」

流し台に寄りかかる充希は自分も舌を差しのばしつつ、器用に後ろ手でカレーを温めているガス台の火を消す。彼女も彼を求めていた。

このとき彼女はショートパンツを穿いていた。拓馬は舌を絡めながら、右手を中に突っこみ秘部をまさぐる。

「あっふ……」

充希が熱い息を吐く。割れ目はすでに洪水だった。指で探るとぴちゃぴちゃと湿った音をたてるほどだった。

一気に炎は燃え盛っていた。拓馬は手探りでベルトを外し、下着ごと脱いでしまう。飛び出た肉棒はいきり立ち、臍につきそうなほど反り返っている。

「ハァ、ハァ、充ちゃんも――」

「ん……」

怒張を目にした充希は顔を赤らめ、小さく頷く。思いは同じだった。彼の手が今度は彼女の下半身をあらわにした。

「あぁ、拓馬。こんなところで」

「欲しいんだ。今すぐ」

欲望は止まらなかった。拓馬は呼吸を荒らげながら、彼女の脚を開かせる。そして自ら肉棒を手で支え、かるく膝を曲げて媚肉に突き入った。

「ほうっ……」

「んあっ……」

充希が掠れた喘ぎ声をあげる。気づいたときには、男女は下半身だけを晒し、立位でつながっていた。

拓馬は両手で彼女の腰を持ち、上下の抽送を繰りだした。

「ハアッ、ハアッ、ううう っ」

「ああん、んっ……あふうっ」

瞬く間にふたりを愉悦が満たしていく。充希は流し台に押しつけられたまま、突き上げられては悦びに身を震わせた。

「充希っ、充希いっ」

拓馬は無我夢中で腰を穿った。媚肉が温かく肉棒を包んでいる。その温もりは会社での苦悩を忘れさせてくれるようだった。

彼はペニスを突き入れつつ、不似合いな言葉と思いながらも、思わず口走る。

「ただいま」

「おかえり……拓くん」

すると、充希も息を切らし答えるのだった。それは言葉が本来意味する以上の愛情を表わしていた。帰る場所はここしかないのだと言っているようだった。

そうしてしばらく彼らはキッチンで愛を確かめあっていた。

「ハアッ、ハアッ、ハアッ」

「うふうっ、んっ。ああぁっ」

だが、次第に立位では物足りなく感じはじめてもいた。ベッドへ移動する必要があった。

「ハアッ、ハアッ、ううぅっ……」

しかし、拓馬は挿入を中断するつもりはなかった。このまま行くのだ。

「充ちゃん――」

「んん？」

「俺に、しっかり捕まっていて」

彼が言うと、充希は素直に言うとおりにした。両腕を彼の首に巻きつけ、しがみつくようにした。

拓馬は両手を彼女の尻に回す。

「持ち上げるよ」

「うん……」

説明せずとも意志は通じあっていた。

「せーの――それっ」

「あんっ」

タイミングを合わせ、拓馬は彼女を抱っこするように持ち上げた。充希は彼の首にしがみついている。駅弁スタイルになったのだ。

そのまま彼は向きを変えてリビングへと向かう。

「行くよ」

「うん」

痩せ型の拓馬はもとよりさほど体力のあるほうではない。だが、充希は小柄なほうだったので何とかなった。

彼は少し背中を反らすようにしながら、慎重に歩を進める。

「ハアッ、ハアッ、ふうっ」

歩くたび、持ち上げられた充希の体は意識せずとも揺さぶられた。

「あっ、あんっ、うふうっ」

狭い部屋だ。ベッドまではわずかな距離だった。だが、その一歩一歩はこれからふたりが歩む長い道のりを示しているようでもあった。

充希は目を閉じて、この小旅行を愉しんでいるようだった。

「あふうっ、ああっ、拓馬ぁ。こんなの初めて」

「俺だって……くふうっ、あああ充希ぃぃぃ」

すでにベッドは目の前だったが、彼はいったん立ち止まり、その場で彼女の体を揺さぶった。

「ハッ、ハッ、ハッ、ハッ」

「あっ、あっ、あっ、ああっ」

くちゅくちゅと湿った音が高らかに鳴る。彼女の体が宙に浮いている分、音を妨げるものがないからだろう。

しかし、いつまでもそうしてはいられなかった。

「ハアッ、ハアッ、下ろすよ——」

拓馬は息を切らしながらも、なるべくゆっくりと彼女をベッドに横たえる。

仰向けになった充希が潤んだ瞳で見上げていた。

「拓くん、大好きよ」

その言葉にはすべての感情が含まれていた。彼女は家で待ちながら彼の身を案じ、震える心で祈っていたのだ。

俺は幸せ者だ。拓馬は身を屈めてそっとキスをする。

「俺も。充ちゃん——」

「拓くん」

そして彼はやおら腰を穿ちはじめた。思いをこめて。

「充希いっ、ハアッ、ハアッ、あああ……」

とたんに充希も嬌声をあげた。

「んああっ、拓馬っ。拓馬あっ」

ベッドの上で組み伏せ、正常位で肉棒を出し入れする。蜜壺はその劣情を歓迎し、盛んにジュースを噴きこぼす。

「あんっ、ああっ。うふうっ、イイッ」

充希はウットリと目を閉ざし、揺さぶられるままに喘ぎを漏らした。

「ハアッ、ハアッ。おおお……充希ぃ……」

かたや拓馬は、恋人の愛らしい顔が愉悦に乱れるのを眺めながら腰を振った。

抽送は激しく、安物のパイプベッドがきしむ音をたてる。

「ぬおぉぉぉ、充希っ」

呻いた彼は、彼女の片方の脚を持ち上げて脇に抱えるようにした。

もっと深く、もっと奥まで貫きたい。

「ハアッ、ハアッ、ハアッ」

すると、充希も角度の変化に反応を見せる。

「あひいっ……」

一瞬息を呑んだかと思うと、目を開いて悩ましい声をあげた。

「んあああっ、拓馬。激しいわ」

背中を反らし、盛んに身を捩る。ようやく成熟してきた二十六歳の肉体は、新鮮な輝きを放って男の愛を受け入れていた。

だが、彼女はまだTシャツを身に着けたままだった。見つめる拓馬は辛抱たまらなくなり、抱えた脚を下ろすと、裾からまくり上げて双丘を露出させた。

「ああ、かわいい充希——」

彼の手はもどかしげにブラをめくり、柔らかな膨らみに吸いついた。

「びじゅるっ、ちゅばっ」

「あううっ、ああん」

充希は鼻にかかった声で悦びを表わす。胸に埋もれた彼の頭をかき抱き、両手の指で髪の根をくしゃくしゃにした。

「ちゅぱっ、んまっ、充希っ、充希ぃ」

拓馬は両手でそれぞれ左右の乳房を揉みしだきつつ、硬くしこった乳首を交互に舐め転がした。

「ああん、拓馬ぁ。いいわ、わたし……あふうっ」

「充希っ、ちゅばっ。俺のかわいい充希」

「ねえ、キス……キスしてほしいの」

その声を聞いた拓馬は顔を上げる。自分を信じ、待っていてくれた彼女の願いならば叶(かな)えてあげたい。

「好きだよ、充希」

彼は囁くと、彼女の望み通りに唇を重ねた。

「んふぁ……拓馬──」

すぐにどちらからともなく舌が伸ばされ、互いの舌に絡みあう。

「ちゅるっ、はむっ……充希」

「拓馬。ちゅばっ、るろっ」

口中あふれる唾液を交換しあい、無我夢中で貪った。

そのとき、ふと充希が両手で彼の顔を挟み、そっと引き離して言った。

「愛しているわ、拓馬」

見上げている顔は美しかった。ショートボブの髪は乱れ、汗で額に貼りついていたが、心からの愛情が彼女を内側から輝かせていた。

拓馬は改めて股間の疼きを覚える。あの日公園で偶然出会ったときから、充希はずっと充希のままであった。

「俺も──。あああ、充希」

ふたたび彼は身を起こし、抽送を繰りだしはじめる。

「ハアッ、ハアッ、ぬあぁぁぁ、充希いっ」

グラインドは激しかった。拓馬は本能に任せて腰を穿った。同棲しはじめてから、もう何度こうして肉を交わしたことだろう。だが、充希とのセックスに飽きることはなかった。交わるたびに彼女は成長を見せてくれた。

「はひいいいっ、ダメ。わたし——」

充希が息を呑み、仰け反るように顎を上げる。

胸元にTシャツとブラを残し、身悶える姿が淫らだった。拓馬は両手で彼女の尻を支え、媚肉を抉り、愉悦を貪った。

「つくはあ、ハアッ、ハアッ」

熱い塊が陰嚢の裏から押し上げてくる。ゴールはもうすぐだ。

「イイイッ、んああっ、イッちゃうよぉ」

一方、充希も限界間近なようだった。

愛らしい声で訴えながら、彼の手首をつかんでくる。快感の波にさらわれ、必死に流されまいとしているようだ。

それを見た拓馬はラストスパートをかけた。

「うああっ、充希いっ。俺ももう……」

彼は呼びかけながら、腰も砕けよとばかりに肉棒を振りたてる。

手首をつかむ充希の指に力がこもり、彼の肌に爪を立てた。

「んあああっ、イッて。わたしも——はひいっ」

「充希も、イキそうなの？　あああ、ヤバいよこれ」

「イク……あああっ、イクわ。いっしょにイッて」

「出すよ。充希っ、充希いいいっ」

「拓馬あああっ、わたしの中に、拓馬のを全部出して」

充希の言葉には、誘惑と許しがこめられていた。拓馬は呻く。

「ううう、出るうっ！」

熱い思いとともに、大量の白濁が迸(ほとばし)る。

それとほぼ同時に充希も全身を強ばらせた。

「はひいっ、イッ……イイイイーッ！」

律動に声を震わせながら、絶頂の悦びを高らかに叫ぶ。下腹部は痙攣し、太腿が彼の腰を締めつけた。

「ぐふうっ……」

反動で蜜壺がうねり、肉棒に残った精液を吐き出させる。

かたや充希のアクメは長く続いた。

「んあああっ、ああっ」

ガクガクと首を揺らし、ときおり呼吸が止まったように息を呑む。頭はシーツに深く沈み、蠢く腰は自分で制御できないようだった。

「あふうっ……」

だが、やがて愉悦のときも終わりを告げる。充希は長く息を吐くと、精根尽き果てたようにぐったりとした。

「ハアッ、ハアッ、ハアッ、ハアッ」

拓馬はしばらく身動きできなかった。衝動的に始まった肉交は、凄まじい快感とともに幕を閉じたのだった。

だが、これでよかったのだろうか。射精して少し気持ちが落ち着いてくると、彼は自分が身勝手な真似をしたのではないかと省みはじめる。

「充ちゃん——？」

彼が呼びかけると、充希が目を開ける。笑顔だった。

「おっきい声出しちゃった。お隣に聞こえちゃったかしら」

屈託のない笑顔につられ、拓馬の顔も自然にほころぶ。

「いいじゃないか、聞かせてやれば。悪いことをしているんじゃないし」

「あら、ダメよそんなの。ご近所さんとは仲良くしなきゃ」

「わかったよ。充ちゃんの言うとおりだ」

拓馬の胸に温かいものが広がっていく。充希がそうしてくれたのだ。彼はかけがえのない存在に改めて気づき、彼女をきつく抱きしめるのだった。


だが、ほどなくして会社は倒産してしまう。もとより社会的基盤のしっかりした企業ではない。傾きかけてから崩壊まではあっという間であった。

その日から拓馬は失業者となった。一応、最後まで給料は支払われ、当面は失業保険もあるが、退職金など望むべくもない。

やっと昇進したというのに、この有様だ。落ちこむのも無理はなかった。

魂が抜けたような彼を見て、充希は励まそうとしてくれた。

「わたしの収入もあるし、しばらくは大丈夫よ。だから焦らずに、まずはゆっくり骨休みしてちょうだい。それからじっくり腰を据えて、次の仕事を探せばいいわ」

彼女の心優しい気遣いに拓馬は感動した。だからこそアドバイスとは裏腹に、あえて気持ちを奮いたたせ、すぐに職探しを始めたのだった。充希に相応しい男でありたいと思ったのだ。

ところが、仕事は簡単には見つからなかった。飛びこみセールスの仕事はあっても、彼自身が二の足を踏んでしまっていた。倒産のショックがまだ尾を引いていたのだ。だが、ほかにこれといった特技もなく、条件面がよさそうな企業は、彼を採用したがらなかった。

こうして日が経つにつれ、焦りばかりが募っていく。充希が保育園へ出勤するのを見送り、家で帰りを待つのは辛かった。しかし、おかげで時間だけはあり余っていたので、彼は料理をするようになった。彼女への申し訳なさとともに、家事に集中していると気が紛れるからだった。

拓馬の料理の腕は日ごとに上達していった。ある日の夕食にハンバーグを作ると、充希はおおげさに喜んでくれた。

「焼き加減も良いし、肉汁もたっぷりで美味しいわ。それにこのソース。拓くんが自分で作ったの？」

「うん。まあ、簡単なんだけどね」

「すごぉい。プロ顔負けじゃない。こっちの道に進んだほうがいいかもよ」

気が急く拓馬とは反対に、どっしり構えた充希は頼もしさすら感じさせた。愛しあうふたりが、どちらか一方が苦しんでいるときに助けあうのは当然、といった態度でありつづけたのだ。

　それからおよそ一か月後、拓馬の就職が決まった。やはり営業職だが、今度は酒造会社の得意先回りであった。以前の会社とちがい、ブラック企業でもない。一方、彼は根っからの酒好きでもなく、本当にやりたい仕事というわけでもなかったが、自信を持って自社の商品を客に勧められるのがうれしかった。

　すると、充希が拓馬の就職祝いを計画してくれた。レストランでのディナーと一流ホテルを予約してくれたのだ。レストランは、以前に彼が彼女を招待したのと同じイタリア料理店だった。

　テーブルを挟んで、充希がワイングラスを掲げる。

「拓くん、就職おめでとう」

「ありがとう。充ちゃんのおかげだよ」

　スーツ姿の拓馬はグラスを合わせ、彼女を見つめる。ラベンダー色のドレスがよく似合っていた。

「今日の充ちゃん、すごくきれいだよ」

　歯の浮くような台詞（せりふ）に彼女は頬を赤らめる。

「やだぁ。もう酔っ払っているんじゃないの？」

「うん、充ちゃんの美しさにね」

「バカ」

睨む真似をする充希だが、本心ではうれしそうだった。

やがてコースの食事が始まり、ふたりは料理に舌鼓を打った。

「ところで今日のことだけど――」

拓馬が言いだすと、充希はサーモンのムニエルを口に運びながら聞き返す。

「ん？　どうしたの」

「いや、せっかくのお祝いに無粋なことは言いたくないんだけどさ。ほら、ここの食事もそうだけど、ホテルもとってくれただろう？」

「うん」

「その……、かなり高くついたんじゃないかって」

前回のときは自分が支払っていただけに、料金がどれくらいかかるかわかっているのだ。ずいぶん無理をしたのではなかろうか。

すると、充希はなぜかクスクス笑いだした。

「え？　どうしたの。俺、何かおかしいこと言った？」

「ううん、ちがうの。拓くんも、ずいぶん倹約家になったのね、って」

「あー。充ちゃんの性格が移ったのかも」

「けど、気にしてくれてうれしいわ。あのね、全然大丈夫なの。じつは今日の分は、例の五百円玉貯金から出しているのよ。こんなこともあろうかと、わたしが拓くんといっしょに住むようになってから貯まった分なの」

「へえ、そうか。さすが充ちゃんだ」

拓馬は感動するとともに、改めて恋人の堅実さを見直すのだった。


一時間ほどで食事は終わり、ふたりはホテルに向かった。もちろんホテルまでは徒歩で行った。夏も終わりかけており、気持ちのいい夜だった。

部屋に入ると、拓馬はベッドで待つよう言われた。

「ちょっと待っててね。すぐに用意してくるから」

充希は言うと、紙袋を持ってバスルームに姿を消した。そう言えば、出かけるときから気になっていたのだ。食事に行くのに、なぜ荷物があるのだろうと。だが、彼女は決して教えてくれなかったのだ。

「それは見てからのお楽しみよ」

そう念押しされたら仕方がない。拓馬はジャケットを脱ぎ、おとなしくベッドに腰を下ろして待った。

五分ほどすると、バスルームから充希の声がした。

「そっちに行くから、明かりを暗くしてくれない？」

「うん、わかった」

どういうつもりかわからないが、拓馬は言われたとおりにする。調光器を絞り、部屋が薄暗くなると、窓から港の夜景がよく見えた。

すると、今度は音楽が聞こえてきた。充希がスマホで鳴らしているのだろう。懐かしい洋楽女性シンガーの歌だった。

期待に胸を膨らませ待っていると、まもなくバスルームの扉が開く。

おずおずと現れた彼女の姿を見て、思わず拓馬は息を呑んだ。

「充ちゃん、それ……」

「拓くん、改めて就職おめでとう」

充希はセクシーなサンタのコスチュームを身に着けていた。肩もあらわなオフショルダーは胸の谷間を強調し、レース飾りのついたスカート丈は少し身を屈めただけで下着が見えてしまいそうだ。普段はカジュアルな服装ばかりの彼女が、これほどボデイラインをあらわにするのは珍しかった。

呆気にとられ、見つめる彼の視線を浴びて、充希は照れ臭そうに言う。

「やっぱり少し恥ずかしいな。思いきってみたんだけど」

その声に拓馬はハッと我に返る。たしかに晩夏にサンタは季節外れというものであるし、量販店で買い求めたと思しきコスチュームは微妙にサイズが合っていない。

だが、彼女は彼を喜ばせようとして、それだけを一心に思って、わざわざ用意してくれたのだ。拓馬の胸は感動で張り裂けそうになった。

彼はベッドから立ち、彼女のそばまで行って抱きしめる。

「すごく似合ってる。かわいいよ」

「本当？　喜んでくれた？」

胸に顔を埋めた充希は心配そうに訊ねる。拓馬はおでこにキスして言った。

「とっても。心からね。最高のプレゼントだ」

「拓くん――」

充希の顔が上向いた。つぶらな瞳が彼を見つめていた。

「ああ、充希」

たまらず拓馬はキスをした。長い長いキスだった。やがて舌が這いこみ、熱を帯びてくる。

「ちゅぱっ、るろっ」

「んふうっ、ふぁう……」

そうしてひとしきり舌を絡めあうと、拓馬は彼女の首筋を舐め、あらわになった肩へとキスの雨を降らせた。

「あっ、んっ、拓馬……」

充希は男のしたいようにさせながら、小さく息を吐いた。

かたや拓馬は唇と舌で女の肌を味わっていく。劣情が瞬く間に突き上げてくる。両手でコスチュームの上から体をなぞり、ミニスカートの下に這いこんで、柔らかな尻たぼをつかんだ。

「あああ、かわいい充希——」

「拓馬。あんっ、エッチな触り方」

「充ちゃんこそ。俺、もうビンビンだよ」

「わたしも……。拓くんが脱がせて」

逸(はや)る拓馬は辛抱たまらない。だが、彼はいったん体を離すと、急いで自分の服から脱ぎはじめる。せっかく彼女が準備してくれたのだ。もう少しコスプレ姿を眺めていたかった。

　彼がパンツ一枚になると、ふたりはベッドのそばに移動した。

「どうやって脱がせばいいの」

「ベルトを外して——そう。あとはこのまま下ろしちゃえば……」

　紅白の衣装は思ったより簡単に脱げてしまう。だが、さらにお楽しみが待っていた。充希はランジェリーもセクシーなものを着けていたのだ。

「すごい。こんなの持っていたっけ」

　拓馬は彼女をベッドに横たえながら、驚きに目を瞠る。セットアップの下着は、真っ赤なシルク地に黒のレース飾りが施された、見るも艶やかなデザインだった。おまけにパンティときたら、黒リボンがついて、横はほとんど紐みたいなのだ。

　見上げる充希の瞳は潤んでいた。

「内緒で買ったの。驚いた？」

「ああ。充ちゃんが、こんなにエッチな下着が似合うなんて知らなかったよ」

　彼は言うと、ブラの際辺りの膨らみにキスをする。

　充希の体がビクンと震えた。

「んっ……。でも、こんな派手なの今日だけだよ。特別な日だから」

恥ずかしがる彼女が愛おしかった。拓馬は双丘の裾野へ舌を這わせる。

「そんなもったいないこと言うなよ。とても似合っているよ」

囁きかけながら、ブラの上から両手で揉みしだく。

充希の呼吸が浅くなってきた。

「ああ……あんっ、わたしの拓馬」

やがて拓馬のまさぐる手は、彼女の股間に伸びていた。小さなパンティはギリギリ局部を隠すだけの面積しかない。彼の指はクロッチの表面を捕らえ、割れ目に沿って弄りはじめた。

「ハア、ハア、充希……かわいい充希」

「あっふ。んあっ、拓馬ぁ」

充希は太腿を捩り、熱い息を漏らす。感じているのだ。

ふたりが同棲して半年、お互いの性感帯は知り尽くしている。

「拓馬のも大きくなってる」

お返しに彼女も彼の股間をさすってきた。逸物はすでにビンビンだ。

拓馬の背中に快感の痺れが走る。

「ううっ、充希。好きだよ」

「わたしも、拓馬が好き」

しばらくそうして互いに手淫で慰めあった。拓馬の弄るパンティは牝汁に濡れて布が貼りつき、充希が触る肉棒は先走りを吐いてパンツに染みを広げていた。

「ああん、拓馬っ。わたしもう我慢できないかも」

先に膠着状態を破ったのは充希であった。彼女の手がパンツをかいくぐり、直接肉棒を握ってきたのだ。

思わず拓馬は呻き声をあげる。

「ぐふうっ、充ちゃんエロ……」

お返しに彼はパンティのなかに手を差し入れた。そこは洪水だった。

「んあああっ、イイッ……」

悶えた充希は身を捩る。

拓馬は劣情に奮いたち、ブラのレース飾りを引っ張って、乳首を露出させた。

「充希の乳首も勃ってるよ」

言葉で責めながら尖りに吸いつく。

とたんに彼女は悦楽に身を強ばらせた。

「はううっ、ダメ……あああっ」

「ちゅぱっ、れろ……いい匂いだ」

こうなると、すっかり拓馬のペースだった。彼女の手は肉棒を握ったまま動かなくなる。彼は手と舌を使って、懸命に愛撫に励んだ。

「ハアッ、ハアッ、ちゅぱっ、んろっ」

「んっふ、ああっ、んんっ」

すでにブラは半分はだけ、パンティも意味を成していない。せっかくのセクシーランジェリーを脱がせてしまうのは惜しかったが、互いの欲望はそれ以上に燃え盛っていた。

「ああ、充希——」

拓馬はブラのホックを外し、パンティも抜き取った。一糸まとわぬ姿となった充希の肢体は美しく、窓から望む港の夜景に浮かび上がっているようだ。

「きれいだよ、充希。今夜はいつも以上にきれいだ」

それは彼の本音であった。しかし、彼女に対する感謝や賛美の思いは、決して言葉では表せないほどだった。

充希の目もまっすぐ彼を見つめていた。

「拓馬が好き。あなたに出会えて本当によかったわ」

彼女は言うと、両手で彼の頬を押さえ、顔を引き寄せ唇を重ねた。

「ああ、充希。いつまでもこうしていたい」

「わたしも」

おのずと口が開き、互いの舌が絡みあう。唾液が交換され、それぞれの吐く熱い息を貪った。

ひとしきり熱いベーゼを交わすと、充希が言った。

「あなたを信じていたわ」

そして彼女は起き上がり、彼を仰向けに横たえさせる。

この辺りはあうんの呼吸だ。拓馬は期待に胸を高鳴らせた。

「充希」

「拓馬――」

全裸の充希が彼の足もとに回り、身を伏せる。その顔の前には青筋を浮かべた肉棒がいきり立っていた。

「気持ちよくしてあげるね」

「うん」

これも就職祝いの一環だろうか。拓馬は首をもたげてようすを見る。

するると、充希は舌を伸ばし、肉棒の根元から裏筋をペロリと舐めあげた。

「んふ……」

「おおお……」

戦慄（せんりつ）に似た快感が駆け抜ける。拓馬はブルッと震えた。

その間にも充希の舌は亀頭に至り、鈴割れをくすぐっていた。浮かんだ先走りをすくいとって舐める。

「んっ……おつゆがいっぱい出てきた」

そして今度はやにわに唇をすぼめ、張り詰めた肉傘を口に含んだ。くちゅくちゅと音をたて、飴玉でもしゃぶるように口中で転がす。

「んふうっ、拓馬のオチ×チン、硬ぁくなってる」

「ハアッ、ハアッ」

当初はあれほどウブだった充希が、今ではフェラチオをしながら淫語を発するまでになっていた。肉体に感じる快感以上に拓馬の満足感は深かった。

「もっと気持ちよくしてあげる」

彼女は言うと、太竿を喉奥深くまで咥えこんだ。そして両手は彼の鼠径部（そけいぶ）を撫でながら、ゆっくりとストロークを繰りだしてくる。

「じゅるっ、じゅぷぷぷっ、じゅぷっ」

「うはあっ、それっ……。すごく気持ちいいよ」

痺れるような快感が脳幹に叩きつける。手を使わず、口だけで肉棒を吸いたてるディープスロートだ。だが、最初から彼女がこんな技を知っていたわけではない。拓馬と肉交を重ねるうちに学んでいったものだった。

「あああ、充希……。俺も舐めたくなってきた」

セックスは互いに与えあうものだ。それがふたりの共通認識だった。そこで彼が言うと、充希も心得てシックスナインの体勢になる。

拓馬の目の前には、濡れそぼった媚肉があった。

「充希のオマ×コ、美味しそうな匂いがするよ」

彼は言うなり割れ目に鼻を突っこみ、むしゃぶりつく。

とたんに充希は嬌声をあげた。

「ああん、拓馬ぁ……」

しかし、負けじと彼女も肉棒に食らいつく。舐められる愉悦に耐えながら、健気(けなげ)にフェラチオするのだった。

「じゅるるっ……んふうっ、じゅるっ」

「はむっ、ちゅぱっ、れろちゅぱっ」

ホテルの部屋に唾液と愛液の混じりあう、湿った音が鳴り響く。そのとき遠く港から汽笛のような野太い音が聞こえてきた。

「ぷはあっ……あああっ、もうダメ。わたし、我慢できないわ」

やがて充希がしゃぶっていられなくなり、挿入を訴えてくる。

拓馬も同じ気持ちだった。

「じゃあ、充ちゃんはそのまま——。俺が下から抜けるから」

彼が言うと、彼女は犬が電信柱に放尿するときのように片脚を上げる。

拓馬はその下をくぐり抜けると、四つん這いになった充希の背後をとる。

「いくよ」

「うん、きて」

バックでつながろうということだ。拓馬は彼女の尻たぼを撫で、唾液塗れの怒張を捧げて割れ目に迫る。

「ううっ……」

「あんっ……」

肉棒は花弁に包まれ、みるみるうちに蜜壺へと収まっていく。愛撫でふたりとも敏感になっていた。打ち震えるような快感が、充溢感とともに押し寄せてくる。

「うはあっ、入ったよ」

「うん……んふうっ」

背中を見せた充希の肌は、うっすら汗をかいていた。

拓馬は両手で尻を支え、抽送を繰りだしはじめる。

「ハアッ、ハアッ、おおお……」

「んっ、あんっ、イイッ」

ストロークは快調だった。拓馬が腰を振りたてるたび、彼女は高い声で淫欲の悦びを表現した。

「あああ、充希。奥まで入っているよ」

「ん。あふうっ、拓馬を感じるわ」

この後背位についても、以前の充希は恥ずかしがったものだ。だが、それもいつしか慣れていき、今では抵抗なく受け入れるようになっていた。

膝立ちの拓馬は懸命に腰を振った。

「ハアッ、ハアッ、ううう、締まる」

ぬめる媚肉が竿肌に絡みついてくる。天にも昇る気持ちだった。

一方、背後に抽送を受ける充希も身悶えていた。

「あんっ、ああっ、拓馬ぁ、あふうっ」

両手をつき、頭を上げたり下げたりして愉悦に耐えている。今では彼女も後ろから犯される快楽を知っていた。

「ハアッ、ハアッ、充希——」

彼女をもっと感じさせたい。拓馬は恋人の性感帯を開発することに喜びを覚えていた。バックを好きにさせたのもそのひとつだ。普段の生活はもちろんだが、夜の営みでもふたりの相性はピッタリ合っていた。

「おおお、充希っ……」

やがて彼は屈み加減になり、両手で揺れる双丘をすくいとる。

「はううっ……ああん、拓馬のエッチぃ」

とたんに充希は抗議の声をあげる。しかし、その口調は甘く、むしろ正反対の意味を含んでいるようだ。

これに気をよくした拓馬はさらに責めつづけた。

「かわいい充希のここを——」

乳房の重みを感じつつ、彼の指が乳首をつまんだ。

「すごい。ビンビンになっているよ」

拓馬は言うなり、つまんだ指に力をこめる。

充希の頭が仰け反った。

「あっひ……ダメえっ、感じちゃう」

彼女の反応を見ると、つまりは正解ということだ。拓馬は右手を乳房から離し、さらに敏感な部分へと差し伸べていった。

「ハアッ、ハアッ、ふうっ」

「あっ、あっ、あふうっ、イイッ」

彼の右手は充希の恥毛を搔き分けていく。そしてついに割れ目へ至り、包皮をめくって肉芽を捕らえた。

その瞬間、充希の背中がビクンと震える。

「んあ……イイイーッ、拓馬ああっ」

淫らな声がホテルの部屋に鳴り響いた。自分では制御できないようだった。

拓馬は左手も乳房から離し、抽送と肉芽責めに集中した。

「ここが気持ちいいの？　感じる？」

「ん……はひいっ、ダメっ。そこっ」

愉悦は凄まじいようで、次第に充希は腕で支えていられなくなる。

「ああぁっ、もうわたし――」

そしてついに肘を折り、顔をシーツに埋めてしまった。

もう少しだ。拓馬はさらに肉芽を愛撫し、可能な限りに腰を穿った。

「ふうっ、ふうっ、充希ぃ……」

「あんっ、んあああっ、そんなにされたら――あふうっ」

「イキそうなの？　イッていいんだよ」

いまや拓馬も全身に汗を浮かべていた。懸命に尖りを転がす。

「あああ、拓馬ぁ……」

一瞬、充希の喘ぎは途切れたかに思われた――が、次の瞬間、彼女は激しく身を震わせて、声も限りに叫んだのだ。

「イックううう―っ！」

くぐもった喘ぎはベッドに吸いこまれた。彼女は体をぐっと縮めるようにし、両手がシーツをつかんでくしゃくしゃにした。

「はううう……」

イッたのだ。確かな手応えを感じた拓馬はほくそ笑んだ。だが、彼はまだここでやめようとは思わなかった。

「あああ……」

絶頂した充希は長々と息を吐き、いまにも崩れ落ちそうだった。

ところが、拓馬はそうさせず、前屈みになって彼女の両手首を捕まえる。

「まだ終わってないよ。俺も充希のなかで果てたい」

彼女は荒い息を吐き、返事もできないようだった。しかし、愛する男の欲求には応えたいらしく、なすがままにされている。

「いい？　このまま後ろに起こすよ」

彼は言うと、彼女の腕を引っ張り、後ろに倒れた。

「ああっ……」

気づくと、拓馬が脚を投げ出すかたちで座り、充希は上体を起こし、後ろ手に引っ張られて彼の上に跨がっていた。

この体位で動けるのは彼女のほうだった。

「あああ、拓馬ぁ……」

自分の役割を心得た充希は、まだアクメの余韻を残しながらも、健気（けなげ）に体を弾ませはじめた。

「あっ、あっ、んんっ」

「おうっ、ふうっ、おおおっ」

さすがに動きは緩慢だったが、肉棒に伝わる快感は鋭い。先ほどまでのバックで十分敏感になっており、蜜壺の感触は最高だった。

やがて充希も回復してきたのか、グラインドが大きくなっていった。

「あっふ、あああっ、イイッ」

溢れこぼれる牝汁が、拓馬の陰毛を濡らしていく。

「ハアッ、ハアッ、ううう……いいよ、充希」

「あんっ、いいの？　ねえ、拓馬も感じる？」

「ああ、すごく……。うはあっ、充希いっ」

拓馬は手綱を取りながら、弾む充希の体が逸れないようにする。

くちゅくちゅと湿った音が耳に響いた。

「んあ……あはあっ、イイッ。わたしまた──」

「俺も。くはあっ、もうイキそうかも」

「イッて。ねえ、いっしょにイこう」

拓馬の目には、彼女の尻がぺたぺたと叩きつけるのが映っていた。

「おおおっ、充希いっ」

愉悦の高波が押し寄せ、たまらなくなった彼は自らも腰を突き上げた。

「はひっ、イイイッ、拓馬あああっ」

一度絶頂した充希は敏感になっていた。彼を気持ちよくさせたい思いと、自らの欲求に衝き動かされ、グラインドはますます激しくなる。

「ああん、イクっ。イッちゃううううっ」

「充希っ、充希いいいっ」

媚肉のなかで肉棒は張り詰め、なおも粘膜に翻弄されていた。拓馬は全身が痺れ、熱い塊が一点に集まってくるのを感じた。

だが、先に達したのはまたも充希のほうだった。

「んあああーっ、イイイイーッ！」

男に両腕を縛(いまし)められた恰好で、彼女は声高らかにアクメを訴えた。

しかし、その反動で蜜壷が肉棒を締めつけてくる。

「うはあっ、出るっ！」

「あんっ」

大量の白濁が、子宮口に叩きつけるように噴き上げた。あまりの快感に拓馬は頭が真っ白になる。

「ぐふうっ……」

「あああ……」

そして徐々にグラインドは収まっていった。拓馬の手首を握る力が抜けると同時に、充希の体が横倒しにベッドへ崩れ落ちた。

「ハアッ、ハアッ、ハアッ、ハアッ」

「ひいっ、ふうっ、ひいいっ、ふうっ」

愉悦の饗宴は終わったのだった。自宅アパートでするとのは違い、思いきり声を出してするセックスは最高だった。

拓馬はようやく息が整うと、起き上がってティッシュの箱をとった。

「拭いてあげるよ」

「やさしいのね、拓くん」

見ると、彼女の股間は白く泡立つものが溢れ出ていた。ふたりの欲液が混ざりあったものだ。それは愛の証であった。

特別な夜にふたりは枕を並べて横たわっていた。

「ときどきでいいから、これからもこんなふうにお泊まりしたいな」

充希がふと思い立ったように言う。拓馬は答えた。

「うん。少し落ち着いたら旅行でもしようか」

「本当？　うれしい」

彼女が腕に抱きついてきたので、拓馬はおでこにキスをした。幸せだった。

ふたりは互いに満足し、しばらく天井を見つめていた。すると、肩に顔を埋めた充希が言ったのだ。

「ほかの女に目移りしないでね」

それはいかにも若い恋人らしい、甘い睦言のようにも思われた。だが、あるいは
──彼女は、イベントで遭遇した由香里を意識しているのかもしれない。

「もちろん。そんなことあるわけないじゃないか」

拓馬は内心冷たいものを感じつつ、面（おもて）に表わさないよう言うのだった。

第四章　由香里――幻の女

季節は秋になっていた。拓馬は再就職した酒造会社の仕事にもだいぶ慣れてきた。得意先回りの営業は、以前の仕事ほど刺激はないが、何より給料が安定していた。勤務時間もほとんど定時に終わるため、前より家で過ごす時間が増えた。

充希も喜んでくれている。これでいいのだ。

由香里とはしばらく会っていなかった。アンティークの宝飾品を仕入れるため、彼女は数週間の予定でヨーロッパに滞在していたのだ。

その日も、拓馬は営業車で得意先を回っていた。元来飲んべえではない彼だが、仕事のおかげでこのごろでは酒の種類に詳しくなっていた。

「今度来るときは頼むよ。お客さんがどうしても、って言っているんだ」

郊外の大型酒店で、彼は店主から「幻の大吟醸（だいぎんじょう）」といわれる酒の入手を再三頼まれていた。

「わかりました。酒蔵にお願いしてありますから、手に入り次第、必ずこちらに卸させてもらいますので」

「頼りにしてるよ、秋本さん」

「毎度ありがとうございます。では、失礼します」

酒店から出ると、拓馬は駐車場を車に向かって歩いていく。空は高く青々として、気持ちのいい風を運んできた。思わず彼は深呼吸をする。

「さて、と。そろそろ戻るか」

すると、そのときスマホが鳴った。由香里からだった。

「ご無沙汰しています。お元気でしたか」

彼はさり気ないふうを装うが、着信画面の名前を見た瞬間、内心胸の高鳴りを覚えていた。

一方、由香里は怒っているようだった。

「ご無沙汰じゃないわよ、あなた。メールを見たわ。転職したんですって？」

健康食品の会社が潰れ、転職したことはメールで伝えていた。ちょうどその時期、彼女は日本にいなかったのだ。

拓馬は答える。

「ええ、まあ。いろいろありまして……。あ、でも、近藤さんたちにはちゃんとご挨拶させてもらいましたから」

「そんなことはいいの。近藤ちゃんからも連絡はあったから」

「その節は、由香里さんにも大変お世話になりました」

彼は、自分の口調が妙にかしこまっていることに気づいていた。環境が変わったせいだろうか。最近では、近藤を始め、以前つき合っていた社長連中とも疎遠になっている。そのことで、由香里の住む世界との隔たりを感じているのかもしれない。

すると、不意に由香里の声が和らいだ。

「まあ、会社が潰れてしまったんだもの。仕方ないわ。どう、いまの会社でも頑張っているの？」

「ええ。やっと慣れてきたところですけど」

「そう。よかったわ。ところで——ねえ、今夜時間ある？」

「え……。ええ、まあとくに用事はないですけど」

「だったら、久しぶりに会いましょう。ううん、会いに来なさい。そのくらいの義理はあると思うわ」

「けど、由香里さんは——」

「じつは、昨日こっちに帰ってきたの。例のバーに七時でいいかしら」

由香里は有無を言わせないというように話を独り決めしてしまう。

拓馬は言った。

「わかりました。では、七時に」

「楽しみに待っているわ。じゃあ」

通話が切れたあとも、拓馬はしばらくスマホ画面を眺めていた。由香里が言うように、健康食品のセールスでは返しきれないほどの恩義がある。義理から言っても、承知するしかなかった。しかし一方では、彼自身、久しぶりに美熟女と会ってみたい気持ちがあるのを否めなかった。


夕方、仕事を終えると拓馬は都心へ向かった。充希には、「会社の先輩が歓迎会を開いてくれる」と嘘をついた。心苦しいが、もはや仕事で縁のない由香里に会いに行くとは言えなかった。

件のバーに行くと、すでに由香里はテーブルに着いていた。ところが、彼女は一人ではなかったのだ。

「こっちよ、拓馬くん。早く座って」

「すみません、お待たせして。あのう――」

同席していたのは、彼女と同じ年頃の熟女であった。由香里が紹介する。

「こちらは、斉藤栄子さん。飲み友達なの」

「よろしく。あなたが拓馬さんね」

「初めまして、秋本です」

拓馬は狐につままれたように席に着く。てっきりふたりきりで会うと思っていたのだ。どういう風の吹き回しだろう。

それから由香里が新しい飲み物を注文し、三人は改めて乾杯をする。

「では、友人たちとの久しぶりの再会に」

揃ってグラスを掲げると、栄子があとに続けた。

「新しい出会いと、楽しい夜に」

「えーと……、乾杯」

言うことのない拓馬が告げると、三人はグラスを合わせた。

数週間ぶりに会う由香里は、相変わらず妖艶だった。秋らしく深いグリーンのワンピースはスーツのような襟もとが大きく開き、ウエストの高い位置でベルトに絞られ、彼女のスタイルの良さが強調されていた。七分丈の袖から伸びる手首には、さり気なくプラチナのブレスレットが輝いている。

（やっぱりきれいだな）

アルコールが入るにつれ、拓馬の目は由香里に釘付けになる。

かたや友人の栄子も、なかなかの美人であった。

「由香里と出会ったのは、五年くらい前かな。そのころは港区界隈で飲み歩いていたんだけど、すぐに意気投合しちゃってね」

「そうそう。あの当時は栄子ちゃん、よくない遊び方をしていたわね」

「やめて。拓ちゃんの前で。でも、由香里のおかげで、男に振り回されるんじゃなく、自分でコントロールする遊び方を覚えたの」

話からすると、栄子は由香里より四つ年下の三十六歳。派手な作りの由香里とちがい、日本的なやさしい顔立ちをしているが、お喋り好きらしく、よく動く大きな口が妙に扇情的だった。

さらに服装も、遊びの先輩に負けじと色っぽい。白のカットソーは生地が薄く、たわわなバストを強調しているうえ、谷間が丸見えだった。黒いスカートは丈が短く、椅子に腰掛けていると、いまにもパンティが覗いてしまいそうなのだ。

楽しい酒席だった。栄子は明るく、拓馬も気を使わずにいられた。由香里も久しぶりの帰国で昂揚しているのか、飲むピッチが速い。気づくと、バーで二時間以上過ごしていた。

すると、酔いの回ってきたらしい栄子が言いだした。

「わたし、歌いたくなってきちゃった。ねえ、もっと盛り上がろうよ」

「賛成。今夜は朝まで飲んで騒ぎたい気分だわ。拓馬くんは？」

「ふたりがいいんだったら、俺もつき合いますよ」

このとき拓馬はすっかり酔っ払い、ふたりの美熟女たちに囲まれて気分が大きくなっていた。この楽しい宴の途中で帰るなど、考えもしなかった。


それから三人がタクシーで向かったのは、高速のインター近くにあるラブホテルだった。カラオケがあり、パーティ用途で三人以上の利用も可能だったので、栄子が指定したのである。

部屋に入ると、三人はキングサイズのベッドに乗り、改めて乾杯する。

「飲んで、歌って、朝まで騒ごうぜぃ！」

栄子が気炎を吐くと、由香里も調子を合わせた。

「イエーイ。栄子ちゃんのいい歌、聞いてみたーい」

思わず拓馬は笑みを浮かべる。由香里がそんなふうにはしゃいでいる姿を見るのは初めてだ。気のおけない友人といっしょだからだろう。

最初は栄子が歌い、つづいて由香里がマイクをとった。歌が苦手な拓馬は、備え付けのタンバリンやマラカスを鳴らし、おもに盛り上げ役に徹していた。

一方、その間にも酒は進んだ。持ち込んだシャンパンでは足りず、ホテルの冷蔵庫からビールが次々と開けられた。

「拓馬ぁ、飲んでる？」

「ええ、飲んでます。飲んでます」

栄子は楽しい女性だった。タイトスカートからはみ出しそうな熟女の尻が、拓馬の目の前で揺れている。かたや由香里も飲むにつれ着衣が乱れ、襟元からたわわな乳房がこぼれ落ちそうだった。

最高だ。彼は久しぶりの高揚感に包まれながら、いつしかベッドに横たわり、ウトウトとして正体をなくしていった——。

それからどれくらい経っただろうか。拓馬は下半身に違和感を覚え、ふと意識を取り戻した。

（え……!?　ウソだろ——）

目に映ったのは、異様な光景であった。なんと彼の股間でふたりの美熟女が、奪いあうようにしてペニスをしゃぶっていたのである。

「拓馬くん、起きたの」

先に気がついたのは由香里だった。目がトロンとしている。

「あ、あの、由香里さん。これはどういう……ううっ」

栄子に強く吸いたてられて、彼は思わず呻いた。その栄子が顔を上げて言う。

「だってね、拓ちゃん。あなた、寝ながらビンビンに勃起してたんだから。このままじゃ可哀想だからと思って、ね？　由香里」

「あら。先にパンツを脱がせたのは栄子のほうじゃない」

「そうだったっけ？」

女同士で言い交わすあいだにも、どちらかが肉棒を舐め、しゃぶりついているのであった。

すっかり目覚めた拓馬はまだ混乱しつつも、愉悦にむせぶ。

「あああ、だからってこんなの……っくう。信じられない」

「信じられないって、オチ×チンはこんなにヒクヒクしているじゃない」

栄子はからかうように言い、べろりと裏筋を舐めあげる。

一方、由香里は太竿の根元を舌先でくすぐっていた。

「これだけ飲んでも勃っているなんて。拓馬くん、だいぶ溜まってたんじゃない？」

「ぐふうっ……」

言われてみれば、そうかもしれない。拓馬は快楽に身を委ねながら思う。思い返せば転職したころから、しばらく充希とセックスしていなかった。決して恋人の体に飽きたわけではない。ただ、波風のない安定した暮らしを送るうちに、以前にはあった切迫するような欲望も失われていったのだ。

股間では、栄子が肉竿の下に顔を潜りこませていた。

「おっきいタマタマもしゃぶっちゃお」

唾液を啜る音をたてて陰嚢を吸われ、拓馬は仰け反りそうになる。

「うはあっ、それっ……」

すると、由香里も太茎に指を巻きつけながら、肉傘を口に含んだ。

「びじゅるるっ、んふうっ。久々の味。美味しいわ」

「ああ、由香里さん……」

思考は快楽に押し流されていく。これ以上は我慢できなかった。おもむろに拓馬は起き上がり、股間の美熟女たちに告げた。

「こんなの不公平だよ。俺も、ふたりが欲しい」

　女たちは、彼の言葉を待ち構えていたようだった。三人は興奮に駆られながら、それぞれに服を脱いでいった。気づくと拓馬の目の前には、ふたりの成熟した肉体が惜しげもなく晒されていた。

　全裸の美熟女たちは短いやりとりをし、順番を取り決めたようだ。

「拓馬くんは、そのまま横たわっていて」

　由香里に言われ、彼は言うとおりにする。

　すると、栄子が彼の顔の上に跨がってきた。

「ねえ、拓ちゃん。わたしのを舐めてくれる？」

　そう言って、彼女は自ら指で割れ目を寛げてみせる。ヌラヌラと濡れ光る粘膜を見つめ、拓馬はごくりと生唾を飲んだ。

「ええ、喜んで」

「わあ、かわいいこと言ってくれるのね──」

　栄子は淫靡な笑みを浮かべながら、いきなり顔面騎乗してきた。

「うっぷ……。ふうっ、れろっ」

媚肉に顔を塞がれ、牝臭に包まれながらも、彼は懸命に舌を出す。

「あはあっ、拓ちゃんのベロ、気持ちいいわ」

一方、由香里も黙って見ていたわけではない。彼女は彼女で、彼の股間に身を伏せてフェラチオしてきたのである。

「あたしのだーい好きな、拓馬くんのオチ×チン――」

拓馬の耳はくぐもった声を聞いていたが、まもなく肉棒が温もりに包まれる感触が走った。

「ちゅぼっ、じゅるるっ、んふうっ、美味し」

「むふうっ、ふうっ。ちゅぱっ、ううう……」

俺は夢でも見ているのだろうか。拓馬は牝汁を啜りつつ、混乱を覚える。久しぶりに由香里から連絡があったときには、たしかに肉体を交わすことになる予感はあった。彼自身、薄々期待していたくらいだ。

しかし、バーで栄子がいるのを見たときは、むしろ期待が外れて少しがっかりしたほどだった。それが、この有様である。

「あっふ、ああん、オマ×コ舐めるの上手よ、拓ちゃん」

「んふうっ、おつゆがいっぱい出てきたわ。エッチなオチ×チンね」

熟女たちの吐息と喘ぎが交互に鳴り響く。酒池肉林とはまさにこのことだ。

「はぁん、わたしもう……ああん、オチ×チンが欲しいのぉ」

頭上で栄子が切ない声をあげて訴えてくる。

その背中を見ていた由香里は、しゃぶっていた肉棒を口から出した。

「いいわ。栄子ちゃんに先にさせてあげる」

「やった」

すると拓馬の顔が、たっぷりした尻の重みから解放された。

「ぷはあっ、ハアッ、ハアッ」

顔面騎乗されるあいだ、呼吸がままならず、彼の肺は新鮮な空気を求めた。顔中が牝汁でベトベトだ。

その間に女たちは場所を入れ替わる。裸の由香里が彼の前に現れた。

「栄子ちゃんって、じつは人妻なんだけどね、ご亭主が満足させてくれないのよ。だから今日は特別。いいよね？」

「うん。由香里さんが言うなら」

「拓馬くん、やさしいのね。だから好きよ」

由香里は言うと、友人の牝汁に塗れた彼の唇にキスをしてきた。だが、唇が離れると、彼女もまた彼の顔の上に跨がってくる。

「今日はいっぱい愉しみましょう」

「あああ、由香里さん──うっぷ」

そしてまたもや彼は媚肉に顔を塞がれたのである。

一方股間では、別の出来事が進行していた。腰の上に跨がった栄子が逆手に肉棒を握り、割れ目へと誘導していったのだ。

「あんっ、入ってきた──」

硬直は花弁に触れ、ぬめりを帯びてずぶずぶと蜜壺に包まれていく。

由香里の媚肉を舐めながら、拓馬は挿入の快感に酔いしれる。

「ぐふうっ、ぬううっ」

「拓馬くんっ……、ダメよ。ちゃんと舐めて」

たしなめるように言われ、彼は懸命に舌を伸ばす。

股間の栄子はグラインドを始めていた。

「あっふ、あああっ、イイッ」

「ふうっ、ふうっ、ぴちゃっ」

拓馬の腰に人妻の巨尻が叩きつけられ、肉棒は媚肉に嬲(なぶ)られた。

頭上では由香里が甘い喘ぎを漏らしている。

「はぁん、んっ、いいわぁ」

同じ顔面騎乗でも、ふたりの女のやり口は異なっていた。栄子はこちらの呼吸がままならないまでに秘部を押しつけてきたのに対し、由香里は恥毛でふわりと刷(は)くようにしたり、肉芽を鼻の頭で擦ったりするのを好んだ。

「拓馬くん、ベロを出して」

「ふぁい——」

彼が言うとおりにすると、由香里は蜜壺に舌を突き入れさせた。

「うふうっ、そう。中で、くちゅくちゅするの……」

一方、栄子も愉悦を貪るのに夢中になっていた。

「はひいっ、硬いオチ×チン……こんなの久しぶりぃ」

蜜壺の吸いつきは強い。それは由香里も同様だったが、栄子の場合はより牝汁の量が多かった。ぬめりで擦られるような感じがするのだ。

拓馬はもう何が何だかわからなくなってきた。3Pも初めてのことながら、熟女たちの淫乱ぶりは彼の想像をはるかに超えている。だが、これは現実だった。世の中にこんな世界があることを、昨日までの自分だったら信じられないだろう。

しかし、やがて変化が起きた。

「あふうっ、んあああっ、わたしイッちゃいそう」

栄子が喘ぐのを耳にして、由香里が彼の顔面から退いたのだ。

「ぷはあっ」

拓馬が仰ぎ見ると、枕頭に座る由香里が言った。

「栄子ちゃんがイキそうだって。見守ってあげましょう」

「ああん、由香里ぃ。やさしいのね」

淫欲に耽る女同士が目を見合わせる。なんとも淫らな構図だ。

こうして拓馬を独り占めした人妻は、友情に応えるべくスパートをかけた。

「あっふ、あああっ、んっ、イイイッ」

これまで以上に大きく尻を振りたて、無我夢中で悦楽を貪る。

拓馬もたまらず声をあげた。

「うはああっ、それヤバイ……っくう」

だが、彼は愉悦と同時に羞恥も感じていた。すぐそばで由香里が見守っているのだ。

３Ｐは彼女自身が仕組んだものとはいえ、ほかの女と交わっているところを見られるのは複雑な心境だった。

「んあああーっ、すっごぉぉぉい」

その間にも栄子の愉悦(ゆえつ)は深まる。大きなグラインドが、次第に小刻みになった。

「あっひ……イイイーッ、イクッ、もうイッちゃううううっ」

「ぬあぁぁぁ……」

いまや栄子は前屈みになり、双丘を揺らしながら、最後の仕上げにとりかかる。

次の瞬間、眉間をしわ寄せ、彼女は絶頂を極めたのだった。

「――イックううううっ！」

「ぐふうっ」

媚肉がうねり、肉棒を食い締める。人妻の爛熟ボディは熱を帯び、アクメの悦びに全身を震わせた。

「んはあぁぁぁっ……」

そしてホッとしたように息を吐くと、ようやくグラインドは収まったのだ。

「栄子ちゃん、すごかったわ。とっても気持ちよかったのね」

見守る由香里が声をかけると、栄子は大儀そうに上から退きながら答える。

「ええ……んっ。こんなの初めてっていうくらい。ありがとう、拓ちゃん」

後半は拓馬に向かって言うと、栄子はごろんとベッドに転がった。汗ばんだ肉体がまだ荒い呼吸とともに上下している。

「あとはここで見学しているわ。どうぞ、由香里の番よ」

「では、お言葉に従って――拓馬くん、こっちにいらっしゃい」

女同士でやりとりしたあと、由香里は彼の腕を引いて起き上がらせる。

拓馬はされるがままになりながらも、興奮と混乱の極にいた。

「由香里さん……」

「まだいけるでしょ」

彼が体を起こすと同時に、由香里は仰向けに横たわる。そうしながら彼女の手は、栄子の牝汁に塗れた太竿を励ますように擦りたててきた。

「ううっ……はい……」

拓馬は呻きつつ答える。先ほどまでの挿入で肉棒が敏感になっていたのだ。しかし、まだ射精には至っていない。

「きて、拓馬。栄子ちゃんに見せてあげましょう」

由香里は自ら股を開き、誘うように媚肉を寛げてみせる。

改めて見ても、完璧なボディであった。拓馬は鼓動を高鳴らせつつ、彼女の上に覆い被さっていった。

「あああ、由香里さん。俺――」

「由香里でいいわ。だって、もうあたしはあなたのものなのよ」

銀座にたむろする、すれっからしの遊び人たちも羨む魅惑の美熟女が、自分ひとりを男として認めてくれたのだ。拓馬の胸は優越感と欲望に膨れあがった。

「由香里いっ」

矢も楯もたまらなくなり、彼は花弁に硬直を突きたてた。

由香里は男の侵入を歓迎した。

「ああっ、きた……逞しいわ、拓馬」

「由香里さんっ、由香里っ」

竿肌をくすぐる蜜壺の感触に懐かしささえ覚える。彼女と交わるのは数週間ぶりだったが、ペニスが由香里を記憶していた。

「ハアッ、ハアッ」

すぐに拓馬はメロメロになり、一心に腰を穿ちはじめた。

「ああん、イイッ。これだわ。あああっ、拓馬あっ」

かたや由香里も再会を言祝ぐように声をあげる。なまめかしい体が波打ち、しなやかな手が彼の肌を撫でまわしてきた。

「ハアッ、ハアッ、ハアッ、ハアッ」

「あんっ、あっ、んふうっ、あああっ」

正常位で交わる局部はぬちゃくちゃと濁った音をたてる。この感触だ。細かい肉襞が太竿を舐める感覚が懐かしい。あるときは彼女の部屋で、またあるときは新幹線のトイレで肉を交えた記憶が重なり、男女の親密さをより一層増していく。

「んあっ……イイイーッ」

実際、由香里も彼との逢瀬を待ちかねていたようだった。これまでに比べても反応はめざましく、昂ぶっていくのも早かった。

「うはあっ、由香里いいいっ」

一方、拓馬は栄子とのセックスですでに高まっている。媚肉を抉る肉棒はすぐにでも果てたがっていた。

「ハアッ、ハアッ」

それでも彼は懸命に腰を振る。もはや抑制する余裕などない。ただひたすらに肉棒を突きたて、本能のままに美熟女を欲した。

すると突然、由香里がビクンと体を震わせる。

「あふうっ……イキそう……」

急に抑えが利かなくなったようだった。彼女は呟くように言うと、おもむろに両脚を腰に巻きつけて、彼の体を引き寄せるようにしてきたのだ。

「きてっ。あああっ、あたしもうダメかも――」

「うふうっ、由香里っ……あああ、俺も」

締めつけが急にきつくなったようだった。拓馬は彼女に覆い被さり、その体を抱きしめながら、可能な範囲で小刻みに突き入れた。

「あっあっあっあっ、イイッ。拓馬あっ」

抽送のリズムに合わせ、由香里はスタッカートで息を吐く。それと同時に彼女自身も下から腰を突き上げてきた。

このようすを端で見ていた栄子が感嘆の声をあげる。

「すごい……」

だが、愉悦に耽るふたりには聞こえていない。先に由香里が限界を告げた。

「んあああーっ、イクうっ、イクッ……イイイーッ！」

彼女が絶頂を迎えるとともに、微細(びさい)な凹凸が太竿を舐める。

その悦楽に肉棒は耐えられるはずもなかった。

「うはあっ、出るうううっ！」

溜まっていた精液が一気に解き放たれた。拓馬の脳天を痺れるような快感が迸り、熱い白濁は子宮口に勢いよく叩きつけられた。

「はひいっ」

由香里は息を呑み、身を縮めるようにして彼にしがみついてくる。拓馬はその温もりに抱かれ、竿に残った最後の一滴までを絞り出した。

「ううっ」

「あああ……」

やがて抽送は動きを止めたが、男女はしばらく固く抱きあったままだった。

「ちょっとお二人さん。いいものを見せてくれたわね」

栄子の声で我に返り、ようやく拓馬は女の上から退いた。由香里はぐったり横たわったままだったが、顔を見れば満足そうなのはわかった。投げ出された彼女の脚のあいだには、花弁からこぼれる白濁が滴り落ちているのが見えた。

飲んで歌って交わって、疲れ果てた三人はベッドに横たわっていた。拓馬を中央にして、両脇に女たちが寄り添っていた。

気づくと、栄子は寝息を立てている。拓馬は興奮で寝付かれなかった。すると、反対側の由香里が不意に彼の耳たぶを甘噛みし、囁きかけてきた。

「今日は楽しかったわ。ありがとう、拓馬くん」

「いいえ、俺こそ――」

「あなたのこと、本気で独占したいわ――」

獲物を狙うハンターのような目つきで迫られ、拓馬は背筋がゾクッとするのを覚える。決断のときは迫っていた。


一方、充希との関係も進んでいた。ついに彼女の実家へ挨拶に行くこととなり、その日取りまで決まったのだ。

家での充希は、これまで以上に浮き立っているようだった。

「お母さんが喜んじゃってね、当日何を着ようかなんてはしゃいでいるの。まるで自分の恋人が来るみたいに」

「そうなんだ」

「でも、ビックリしたのはお父さん。お母さん経由で聞いたんだけど、案外うれしそうなんだって」

充希の父親は公務員で堅物と聞いている。拓馬も意外に思った。勝手に同棲までして、父親からは嫌われているとばかり思っていたのだ。

「へえ。そうなの？」

「うん。わたしもいい年になってきたし、父親としてはやっぱり娘の婚期が気になっているのかもね」

うれしそうに語る充希を眺め、拓馬も心が和むのを感じる。彼女となら、きっと幸せな家庭が築けるだろう。

だが、反面なぜか腹の底が冷えるような感覚もあった。この期に及んで自分はまだ迷っているのだろうか？

すると、充希は彼の迷いを見透かすようなことを言った。

「とにかく日曜日は空けておいてね。約束よ」

「ああ、わかってる。第一、今の会社でいきなり出社しろ、なんてことないから大丈夫だよ」

安心させるように言いながら、拓馬は意識して気を引き締めた。いよいよ覚悟を決めるときがきたのだ。

ところが、椿事が起こった。木曜日の夕刻、拓馬が外回りから会社に戻ろうとしているころ、突然栄子から電話がかかってきた。

「はい、秋本です。ご無沙汰しています」

人妻とはラブホ以来であった。彼女とは電話番号も交換しておらず、電話はＳＮＳアプリを通じてのものだった。

栄子は挨拶抜きで話しはじめた。

「拓ちゃん、ここ何日かで由香里と会った？」

「あ、いえ。しばらくは」

「なら、電話かＳＮＳは？」

スピーカーから聞こえる栄子の声は妙に切迫していた。明るい彼女らしからぬようすである。由香里の名を聞いて、拓馬の胸にも不安が兆しはじめる。

「いいえ。由香里さんがどうしたんですか？」

「うん。拓ちゃんを驚かせたくはないんだけどね、どうも由香里が行方不明になったみたいなの」

由香里が行方不明？　──栄子は驚かせたくないと言うが、突然不穏な言葉を聞かされては、拓馬も動揺せずにいられない。

「なんですか、行方不明って。いったいどうしたんです」

「いえね、わたしもまだどういうことかはわからないんだけど──」

それから栄子は事のいきさつを説明しだした。

彼女曰く、由香里は今から五日ほど前、「幻のジュエリー」といわれる希少な宝飾品を求め、仲介してくれる男とともに中国地方へ向かったという。ところが、現地で何かトラブルでもあったのか、ふっつりと連絡が途絶えてしまったらしいのだ。

だが、由香里も名うてのバイヤーである。普通なら自分で自分の面倒くらいみられる女性であった。

それでも栄子が不審に思ったのは、同行した仲介人の存在だった。

「心配になって、由香里の知人に訊ねて回ったのよ。そうしたらその仲介人の男――高槻(たかつき)って名乗っているらしいんだけど、宝飾品の世界では有名な詐欺師だって言うじゃない。だからまさかとは思うけど――」

「こっちから連絡しても、返信がないんですか」

「うん。由香里のことだから、大丈夫だとは思うんだけど」

栄子は何度も由香里のスマホに電話していたが、いっこうに繋がらないのだという。

彼女の不安そうな声を聞いているうち、拓馬も心配になってきた。

「由香里さんが、どこへ行ったのかはわかっているんですか？」

「それは一応……。ねえ、わたし彼女を探しに行こうと思ってるの。拓ちゃんもいっしょに行ってくれない？」

栄子の訴える声に拓馬は一瞬思い悩む。三日後には充希の実家へ行く約束がある。だが、由香里が行方不明と聞いて、放っておくわけにもいかないではないか。

それからいったん自宅に戻った拓馬は、充希に事情を打ち明けた。

「──ということで、明日一番で○○県に行ってこようと思うんだ」

「なんで拓くんが行かなきゃいけないの？　仕事だってどうするのよ」

充希の不満は当然だった。彼女からすれば、由香里はとっくに過去の人だった。

拓馬は説得を続ける。

「セールス時代にはすごくお世話になった人なんだ。それに仕事なら心配ない。なあ、わかってくれないか？　いくら転職したからって、俺が恩人に不義理をするような人間になってほしくはないだろう？」

彼が言い募れば言い募るほど、充希の表情は曇った。だが、結局は彼女が折れるしかなかった。

「わかったわ。ただひとつだけ、お願いがあるの」

「なんだい」

「日曜日の約束は忘れないで。必ず戻ってきてね」

「わかってる。その前には帰ってこれるさ」

翌朝、拓馬は東京駅から中国方面へ向かう新幹線に乗った。もちろん栄子もいっしょだ。目的地までおよそ四時間の旅になる。

新幹線が滑るように走りだすと、隣に座った栄子が口を開く。

「無理言ってごめんね。わたしひとりじゃ心細くて」

「いえ、俺も心配ですから」

車窓を景色が流れていく。拓馬は窓際の席に座っていたが、風景を楽しむ心の余裕はない。

しばらく会話はなかった。それぞれに由香里のことを案じていたのだ。だが、道中は長い。やがて栄子が思いを馳せるように切り出した。

「拓ちゃん、由香里がどうして今の仕事をするようになったか知ってる？」

物思いに耽っていた拓馬は、ふと我に返り栄子のほうを向く。

「いいえ。あんまり昔のことは――」

彼は訊ねられて、初めて由香里の過去をまるで知らないことに気づいた。彼にとっては現在の由香里がすべてだった。これまで本人に訊(き)いてみたこともない。しかし、話題に出たことで俄然興味が湧いてくる。

「栄子さんは知っているんですか？」

「ええ。まあ、わたしも聞いた話なんだけどね。じつは彼女、ああ見えて意外と苦労人なのよ」

それから栄子は由香里の生い立ちを語りだした。

由香里は元々東京出身で、職人の父と母親の三人暮らしであった。ところが、彼女が中学生になったころ、父親が交通事故で寝たきりになってしまったという。突然大黒柱を失った家庭では、専業主婦の母親が稼ぎに出なくてはならなくなった。

「いわゆる保険の外交員ね。でも、あんまり稼ぎはよくなかったみたい」

瞬く間に家は窮乏し、由香里は修学旅行にも行けなかったという。

栄子は続けた。

「で、由香里は高校生になると、家計を助けるためにバイトを始めたらしいわ。といっても、当時は時給も安いでしょう？　二つも三つも掛け持ちして、学校も休みがちだったようね」

やがて高校を卒業した由香里は、すぐに働きに出た。そのころには母親も無理が祟って病に伏せがちとなり、十八歳の娘は稼ぎのいい夜の世界へ飛びこんだ。

「あの美貌でしょ。すぐに人気者になったのも当然ね。おかげでだいぶ生活は楽になったらしいわ」

ホステスで名の売れた由香里は、まもなく銀座の店に移った。そこで客として現れた若手実業家の男に見初められ、ついには結婚に至ったという。

「由香里さん、結婚していたんですか」

「ええ。でもね、新婚生活は悲惨だったみたいよ」

若手実業家の夫は、いわゆる「釣った魚に餌はやらない」タイプの男であった。さらに婚家の両親も、ホステス上がりの嫁に冷たく当たり、結局結婚生活は五年ほどで破綻の憂き目に遭う。するうちバタバタと由香里の両親も相次いで亡くなり、天涯孤独となった彼女はまた夜の街に戻っていった。

そのとき働いていた店で、同僚のホステスからジュエリーの魅力を手ほどきされたという。すぐに興味を持った由香里は本格的に勉強を始め、やはり客の引き合いで宝石店に勤めるようになる。そして数年後、彼女は独立し、フリーランスのバイヤーになったというのだった。

拓馬は話を聞き終わり、その波乱の半生に驚くばかりだった。

「そんなことが――、だから由香里さんはあんなに強いんですね」

栄子は頷くと言った。

「最初から男を頼りにしていないのよ、彼女は。同じ女として尊敬するわ」

しかし、その由香里がトラブルに巻きこまれているかもしれないのだ。お喋りの栄子もその後は黙りがちだった。


現地に着くと、ふたりは早速捜索にとりかかった。といっても、手掛かりはほとんどない。栄子がつかんでいるのは、この都市近郊で由香里と例の男が件のジュエリーを探し回っているはず、ということだけだった。

そこでまずは近辺の宝石店を当たることにした。

「いらっしゃいませ。何かお探しでしょうか」

店員に迎えられ、栄子が先に立って口を開いた。

「お仕事中すみません。じつは人を探していまして」

客でないとわかり、中年の男性店員は怪訝(けげん)な顔をする。だが、栄子は辛抱強く丁寧に由香里の特徴と、彼女が当地を訪ねた理由を説明した。

「というわけで、何と言ったかしら。たしかイギリスの古い髪飾りだったと思うんですけど――」

幻のジュエリーの件を言いだすと、店員がパッと顔を輝かせた。

「あー、いらっしゃいましたよ。男の方とふたりで」

「それよ。間違いないわ」

栄子が拓馬の顔を見やり、彼も頷いた。店員が続ける。

「たしか三日前でした。ただ、当店にはお探しの商品はなく、私自身も聞いたことがなくて。その方々は、がっかりされたようすでした」

「それで、どこへ行くと言っていました？」

「いえ、そこまでは……、申し訳ありませんが。ただ、そのとき男性のほうが、『自分の知っている卸商がいる』と女性に向かって仰っていたような――。なんだかなだめすかすような感じだったのを覚えています」

結局、これといった手掛かりは得られず、ふたりは店員にお礼を言うと、店をあとにした。

見知らぬ町を並び歩きながら、拓馬は言った。

「でも、ここに由香里さんたちが来ているのは間違いないみたいですね」

「ええ、そうね。とりあえずは、こうやって虱潰しに訪ねまわるしかないわ」

答える栄子の顔は焦燥の影を宿しつつも、決意に漲っている。

拓馬は感心していた。人妻ながら遊び人の栄子だが、友人の危機に際しては友情に篤いところを見せた。彼女の呼びかけがなければ、彼もここまで由香里を追ってきてはいなかっただろう。先ほどの店員とのやりとりでも、彼女は理路整然とした説明で必要なことをうまく聞き出していた。

さらに、この日も彼女はニット素材でできた、ワインレッドのタイトミニワンピースという、およそ人捜しには向かないセクシーな服装をしていた。しかし、その派手な外見と違い、案外中身は常識人のようだ。飛びこみセールスには慣れているはずの拓馬でも、彼女ほど端的に質問できたか自信がない。

その後も彼らは、調べがつく限りの宝石店を訪ねてまわった。そこここで由香里らしき人物の目撃談は耳にしたが、あと一歩のところで捜索の手から逃れられてしまうのだった。

ふと気がつくと、すでに周囲は暗くなってきていた。

「今日はこれ以上探しても無駄みたいね。拓ちゃんはどうする？」

「どうする、ってここで諦めるわけにはいかないですよ」

栄子と同様、拓馬も由香里を見つけるまでは帰るつもりはなかった。

「なら、どこか泊まるところを探しましょう」

それからふたりはホテルを探すが、観光シーズンのせいかどこも満室だ。やっと見つけたのは、少々交通の便が悪い場所にあるホテルで、しかも空いているのはツインルームが一室だけだった。

「いっしょの部屋でもいいよね、拓ちゃん」

「ええ、栄子さんがよければ」

一日歩き回り、足が棒になっていたふたりは、とにもかくにも休める場所が見つかってホッとしているのだった。

夕食を近くのレストランで済ませ、拓馬と栄子はホテルの部屋に戻った。ふたりとも疲れ切っており、それぞれのベッドに倒れこむように横たわった。

「はぁ〜、もうクッタクタよ」

人妻の体の重みでマットレスがたわむ。拓馬も自分のベッドで仰向けになった。

「最近は車移動ばかりだったから、こんなに歩いたのは俺も久しぶりですよ」

「そう言えば、拓ちゃん。着替えとか持ってきてるの」

「ええ、まあ下着くらいは。もし必要なら買い足しますよ」

「ふうん」

ホテルは二流で部屋は手狭だが、ともあれ清潔ではあった。糊（のり）の利いたシーツに寝転んでいるのは気持ちよかった。拓馬は両腕を枕にして天井を見つめる。今頃、由香里はどこでどうしているのだろう。

「栄子さん——」

ふと隣のベッドに呼びかけると、少し間があった。

「……ん？　どうかした」

うたた寝していたのだろうか。栄子の声は少し虚ろに聞こえた。

だが、そのくらいの態度でいてもらったほうが話しやすい。拓馬は天井を見上げたまま続けた。

「じつは俺、由香里さんのほかに、つき合っているカノジョがいるんです」

なぜ今頃こんなことを言いだしたのだろう。彼は自分でもわからなかった。どっちつかずでいるのが耐えられなくなったのかもしれない。

ともあれ気づけば、拓馬は充希と同棲していることを告白していた。栄子は途中で口を挟まず、黙って彼の語るのを聞いていた。彼女自身、人妻でありながら、よその男と遊んでいるのだ。その事実が彼の口を軽くさせていたのかもしれない。

「——そんなわけで俺、どうしていいかわからないんです。自分でも最低なのはわかっているんだけど」

すべてを白状した拓馬が自嘲すると、栄子が呟いた。

「羨ましいな……」

「え？」

拓馬が肘を立てて隣を見やると、彼女も体を転がしこちらを見つめる。

「羨ましいな、って言ったの。その充希ちゃんって子も、由香里も」

「いや、しかし俺は――」

「拓ちゃんがどうこうじゃないの。同じ女としてよ。充希ちゃんは充希ちゃんでまっすぐに拓ちゃんを愛しているのはわかるし、由香里はほら、あなたも知っているように自分のやりたいようにやっているわ。それに引き換えわたしときたら……、どっちつかずなのはわたしのほうだわ」

部屋の照明が薄暗いせいか、栄子の表情はよく伺えない。泣いているのだろうか？

いつもの彼女に似つかわしくない声の震えを耳にして、拓馬は胸を衝かれる。

「栄子さん、俺そんなつもりで言ったんじゃ――」

だが、彼女は泣いているのではなかった。栄子はむくりと起き上がると、ベッドから脚を下ろして言った。

「このままじゃ、なんだか眠れそうにないわ」

その声に拓馬は彼女を見やる。ベッドサイドの明かりが照らす人妻のシルエットがやけになまめかしい。

「そっちに行っていい？」

「え？　ええ……」

答えを聞いて、栄子がすっと立ち上がる。

「この前は楽しかったわね。由香里と三人で」

ラブホテルで3Pをした夜のことを言っているのだ。もちろん拓馬も覚えている。

「あの夜が忘れられないの。拓ちゃんの——わかるでしょ？」

艶めいた声が拓馬の胸を高鳴らせる。疲労した肉体が快楽を求めていた。おそらく彼女も同じような気分だったのだろう。

すると、栄子は背中に腕を回し、ワンピースのジッパーを下ろしはじめる。

夜のホテルは物音ひとつしなかった。ジッパーを下げる、ジジ、ジという音だけがやけに大きく響いた。

「ふうーっ」

やがて彼女はため息をつくと、ワンピースを床に落としていた。人妻のむっちりした裸身が、薄明かりのなかで燐光を放っているようだ。

一方、見上げる拓馬も息遣いが荒くなっていく。彼は起き上がると、急いでシャツとズボンを脱ぎ捨てた。ほかのことは考えられない。この瞬間、彼は由香里のことも充希のことも念頭から追い払っていた。

「ああ、拓ちゃん。わたしを抱いて」

栄子は言いながら、ブラとパンティも手早く脱ぎ、一糸まとわぬ姿で彼の上にしなだれかかってきた。

「栄子さんっ……」

拓馬はその温かな、少し汗ばんだ肉体を受け止める。彼も全裸だった。パンツはズボンといっしょに脱いでいたのだ。

男女はもつれるようにしてベッドに転がり、相手の舌を求めあう。

「はむっ……みちゅっ。栄子さん」

「れろっ、ちゅぱっ。んっ、エッチなキス」

互いに唾液の音を立てて貪りあい、舌を絡ませ、歯の裏側をなぞった。

本来、こんなことをしている場合ではないのだ。拓馬は頭の片隅(かたすみ)で思いながらも、人妻の舌を貪るのを止められない。充希と由香里。両極端な女たちに惑い、翻弄されることに疲弊していたのかもしれない。

　このとき彼にとって、栄子は現実からの逃避先であった。

「ああ、栄子さん、いやらしいよ」

「あなたも。もうこんなになってるわ」

栄子の手が彼の股間に伸びる。逸物は硬く勃起していた。

拓馬も負けじと割れ目をまさぐった。

「栄子さんだって。お漏らししたみたいにビチョビチョじゃないか」

「あっふ……」

媚肉をまさぐられたとたん、栄子は体をビクンと震わせた。彼女もまた、どっちつかずの生活に悩んでいるのだ。充希のように一途にひとりの男を愛し、家庭に収まることもできなければ、由香里のように思い切って独り立ちする勇気もない。

ベッドで絡みあう男女は、互いの肉体で空虚を埋めようとしているようだった。

「あふうっ、ダメ……。わたし、もう欲しくなってきちゃった」

不意に彼女は言うと、拓馬の上にのしかかってくる。

「ああ、栄子さん――」

拓馬は仰向けになり、人妻の求めるままに騎乗させていた。

栄子は浅い息を吐き、目つきを蕩けさせていた。

「オチ×ポ、挿れていい？」

膝立ちになり、逆手で肉棒を擦りながら挑発する。

拓馬に否応はなかった。

「俺も、栄子さんのオマ×コが欲しい」

彼が言うと同時に、栄子が腰を落としてきた。

「んあっ。きた……」

「ううう っ」

気づくと、肉棒はぬぷりと蜜壺に収まっていた。拓馬は全身に快感が広がっていくとともに、得も言われぬ安堵に包まれるのを覚える。

「ああ、この感触。素敵よ──」

栄子はウットリした表情を浮かべ、大きな尻を揺らしはじめた。

「あんっ、あああっ、イイッ」

「うはあっ、いきなり……」

激しいグラインドに襲われ、拓馬は呻く。媚肉がよだれを垂らし、太竿をくちゅくちゅと舐める音がした。

「んあああっ、うんっ、あふうっ」

だが、栄子に手加減するつもりはないらしい。彼女は背中をまっすぐ立て、髪を振り乱しつつ上下に弾んだ。

「あんっ、あんっ、んんっ」

「ハアッ、ハアッ、ううう っ……」

拓馬は息を切らせながら、両手で人妻の太腿を撫でさすった。見上げると、たわわな乳房がゆっさゆっさと揺れている。その中心で、薄茶色した乳首がピンと勃っているのまでわかった。

「栄子さんっ、すごいよ」

「ああん、あなたも。カチカチに反り返っているわ」

「ぐふうっ、マ×コが……。吸いついてくるみたいだ」

「あああっ、んはあっ。イイイッ、わたし——」

劣情に駆られた栄子は揺さぶりつづけた。しかし、愉悦のあまり体を起こしていられなくなったのか、徐々に前屈みに倒れこんできた。

「あふうっ、イイッ、あああ、ダメ……」

そして、ついには彼に覆い被さってきた。拓馬は人妻の汗ばんだ体を受け止める。

「ううう、栄子さんっ」

長い髪が顔にかかり、甘いシャンプーの匂いがした。回した腕は栄子の背中をしっかりと抱き、昂ぶる一方の欲望を下から突き上げる。

「ううっふ、うううっ、ぬぐっ……」

「あああああ、イイイイわぁ」

彼からの反撃に、うつ伏せた栄子は悦びの声をあげる。ときおり苦しそうに息を詰まらせながら、なおも股間を擦りつけるようにして腰を蠢かせていた。

「うふうっ、んっ。イイイッ、もっと」

「ハアッ、ハアッ、うぐっ……おおお」

のしかかる女体の重みも心地よく、拓馬は媚肉を抉り、貫いた。そのつどベッドのスプリングがたわみ、ギシギシと舟を漕ぐような音が鳴る。

「イッちゃう。もうイッちゃうよぉ」

昂ぶりは早かった。栄子が彼の首筋に舌を這わせながら口走る。

耳のそばで囁かれ、拓馬もゾクゾクする愉悦に苛まれる。

「うはあっ、栄子さんっ……俺も。っくう」

「イッて。わたしの中に出しちゃっていいのよ」

甘い誘惑の声が劣情のダムを決壊させた。

「うわあああっ、栄子さぁん」

拓馬は腰も砕けよとばかりに突き上げる。

同じリズムで栄子も尻を振りたてた。

「んあああっ、イクぅ、イクイクイクイク」

振幅は反対方向からぶつかりあい、共鳴した官能が倍加してふたりを襲う。

肉棒が熱い塊を噴き上げた。

「……出るっ！」

拓馬は射精と同時に短く呻く。すると、栄子も身を固くした。

「はひっ……イクうううっ！」

ふたりは体を重ねたまま、ほぼ同時に絶頂した。愉悦は一瞬だが、めくるめく悦びは長く尾を引いた。

「あふうっ、んんんっ……」

栄子は全身を細かく震わせながらも、余韻を味わうように尻を二度、三度と揺らし、ようやく動きを止めていく。

「あああ……」

「ハアッ、ハアッ、ハアッ、ハアッ」

それは時間的には短い交わりであったが、内容は濃く、純粋に快楽を与え求めあうものとなった。

拓馬は頭が真っ白だった。短距離を一気に駆け抜け、燃え尽きたようだった。

「栄子さん、すごかった。激しかったです」

「うん、あなたも。よかったわ」

栄子はまだ息苦しそうだったが、声音から推し量るに、満足しているのは明らかなように思われた。

だが、事実はそうではなかった。

「拓ちゃん、重いでしょ。いま退くからね」

彼女は言うと、大儀そうに彼の上から身を引いた。しかし、ベッドに並んで横たわるのではなく、足もとのほうへ移動し、股間に身を伏せたのだ。

何事だろう。拓馬が見守る前で、栄子はいきなりペニスをしゃぶってきた。

「んふうっ、じゅるっ。すごぉい、まだカチカチ」

「うはあっ、え、栄子さん……!?」

なんと愛液塗れの肉棒をお掃除フェラしてきたのだ。射精したばかりの太竿は敏感になっており、彼は驚愕とともに、いたたまれないような愉悦に襲われた。

貪欲な人妻は匂い立つ肉棒を丁寧に舐めたくる。

「じゅぷっ、んっ、おっきいの好き」

彼女はまだ満足していなかったのだ。舌のざらざらした感触が、太竿の裏筋を刺激してくる。

「ハアッ、ハアッ、あああ……」

呻く拓馬は思わず腰を浮かせていた。なんていやらしい人妻だろう。

中途半端な自分に嫌気が差している、と言っていたのは本当なのだろう。だからといって、彼女は自分の欲望を抑えるつもりはないらしい。

「じゅっぷ、じゅるっ、んふうっ」

由香里が、栄子のことを「亭主が満足させてくれない」欲求不満妻のように評していたが、それどころでは済まない。彼女は芯からセックスが好きなのだ。

「あああ、栄子さん。それ以上されたら――ううっ」

拓馬が訴えると、ようやく栄子は口から肉棒を離した。

「ぷはっ……。じゃあ、後ろから挿れてくれる？」

「ええ。はい」

ふたりとも興奮に息が上がっていた。栄子はバックで欲しいらしい。顔を上げると彼女はベッドに四つん這いになった。

「拓ちゃん、早くぅ」

彼女は鼻声で催促し、挑発するように尻をフリフリする。

拓馬は起き上がり、人妻の巨尻に迫る。

「ハアッ、ハアッ」

改めて見ても、立派な尻だった。抱き枕にしたら、さぞ気持ちいいだろう。骨盤の大きく張り出した尻は肉付きもよく、つるつるして傷ひとつなかった。

「いきますよ――」

拓馬は惚れ惚れと眺めながら、硬直を割れ目に突き入れようとした。

ところが、ふと栄子が声をあげる。

「待って」

「え？」

気勢を削がれた拓馬は拍子抜けする。栄子は言った。

「そっちじゃなくて、お尻のほうに差してほしいの」

「お尻のほうって……」

「そうよ。お尻の穴。一度試してみたかったの」

この期に及んで彼女は新たな体験を望んでいる。人妻の貪欲さが窺える場面だった。

もちろん拓馬もアナルファックの経験はない。だが、目の下で揺れている尻は魅惑的だった。谷間でアヌスがヒクヒクと蠢いている。

「じゃ……じゃあ、挿れますよ」

「きて」

拓馬はごくりと生唾を飲み、勃起物を捧げて身構える。少し色のなずんだ放射皺はすぼまっていた。本当にこんな穴に入るのだろうか。

「すうーっ、ふううっ」

深呼吸し、まずは肉傘を割れ目に擦りつけ、牝汁で滑りを良くする。

「あんっ」

敏感な部分に触れたとたんに栄子は声をあげた。

拓馬は慎重に狙いを定め、硬直を放射皺にあてがい、腰を突き出す。

「うぐっ……」

「うふうっ」

しかし、一度目は失敗だった。栄子が力んでしまったのだ。

「ハアッ、ハアッ、栄子さん」

「うん、ごめん。もう一度お願い」

「じゃあ、いきますよ。せーの」

声をかけると、栄子はタイミングを計って息を吐く。

「ふうーっ……あふうっ、入ってきた」

「ぬおっ……」

アヌスが押し広げられ、肉傘が埋もれていく。だが、その先は楽だった。雁首が越えると、瞬く間に肉棒は尻に収まっていた。

「ふうっ、ふうっ」

「ああ、なんかすごいわ」

栄子の背中は反り返り、声は感動に打ち震えていた。

拓馬が腰を振りはじめる。

「ううっ、ふうっ……っぐ」

アヌスの締めつけは強く、最初のうちは痛いと感じるほどだった。

かたや人妻は感じているようだ。

「あっふ、イイッ。何これっ、初めてえっ」

「ハアッ、ハアッ」

だが、拓馬も次第に慣れてくる。きついのは入口の部分だけだったのだ。中は意外と柔軟で、蜜壺よりも表面がツルツルしている感じだ。

やがて抽送は一定のリズムを刻みはじめる。

「ハアッ、ハアッ、おおお……」

「はひいっ、すごい。お尻に拓ちゃんのが――イイイーッ」

新鮮な悦びに栄子はよがる。やがて腕は体を支えきれなくなり、彼女は肘を折ってシーツに頭を突っ伏した。

「んふうっ、イイッ、もっと、んあああっ」

「ううう、お尻が……うはあっ、締まる」

だが、栄子が感じるにつれ、菊門は容赦なく竿肌を締めつけてきた。愉悦に苛まれる拓馬の額に脂汗が浮いてくる。

「ああぁっ、お願い。わたしを滅茶苦茶にしてえっ」

淫らな欲望は限度を知らないようだった。人妻は狂おしく喘ぎながらも、自ら腕を股間に伸ばし、指で肉芽を弄りだしたのだ。

「はひっ、はひいいいっ、イッちゃうううっ」

「うはあっ、栄子さんんんっ――」

繰り広げられる光景に、拓馬は頭が殴られたような衝撃を受ける。エロい。エロすぎる。興奮に駆られ、抽送はますます激しさを増す。

「んあ……イク。お願い、全部お尻に出してっ」

「イクよ。出しますよ」

「イイッ、きて。わたしも……あひいっ、イクうううっ！」

「出るっ！」

絶頂はほぼ同時だった。熱い白濁が直腸に解き放たれた。アヌスは悦楽の瞬間にきゅっと絞られ、栄子の体は崩れ落ちるようにベッドに突っ伏した。

「んあああ……」

「ううっ」

その拍子に肉棒は尻穴から外れてしまう。反動で跳ね返ったペニスから白濁した雫が飛び散るのが見えた。

「ああ、よかったわ――」

栄子は長々と息を吐き、絶頂の余韻に浸っていた。打ちつけられた尻たぼは赤く染まり、アヌスから泡だった欲悦の跡がこぼれているのだった。

第五章　そして拓馬は選んだ

翌日、捜索に進展があった。その日も朝から拓馬と栄子は宝石店回りをしていたが、とある店でアンティークにも詳しいというジュエリーデザイナーを紹介してもらった。ふたりが会いに行くと、デザイナーは「幻のジュエリー」の件を知っており、由香里が向かった先についても教えてくれた。

早速彼らはレンタカーを借り、教えてもらった田舎町へと向かう。一時間ほど走り、田畑広がるのどかな風景のなかにその家はあった。

「ここみたいですね」

ぽつんと建った平屋は見るからにボロな古民家だ。情報提供者の話では、ここに田中という老齢の高名な画家が一人で暮らしているという。

拓馬は車を路傍に停めた。はたして由香里はいるのだろうか。

「行きましょうか」

「はい」

先に栄子が降りて、彼はそのあとを追う。突き抜けるような秋空の下、古民家は静かだった。

東京からここまで追ってきたふたりは緊張の面持ちで家屋へと向かう。

すると、玄関から人影が現れた。

「栄子ちゃん！　拓馬くんも。どうしたの」

「由香里!?」

「由香里さん！」

小走りに駆け寄ってきたのは由香里であった。情報は確かだったのだ。

栄子が堰を切ったように口を開く。

「どうしたのじゃないわよ、心配したんだから。由香里こそ、連絡も寄越さずにどうしたっていうのよ」

責めたてるようなことを言いながらも、彼女は明らかにホッとしたようすで、その顔には笑みが広がっていた。

由香里は現れたふたりを交互に見、自分の落ち度に気づいたようだった。

「ごめんなさい。ここ数日、連絡を絶つ必要があったものだから――。前もって知らせておくべきだったわね」

だが、この間拓馬は黙ったままであった。何も言えなかったのだ。由香里の顔を見たとたん、力が抜けたようになってしまっているのに気づき、自分がどれほど心配していたのかがわかった。

それから由香里は、音信不通となった理由を説明しはじめた。

一週間ほど前、彼女は仲介人の高槻と中国地方入りした。由香里はかねてより「幻のジュエリー」を探し求めており、高槻がその消息をつかんだと知らせてきたからである。彼は情報を持っていたが、由香里の鑑定眼が必要だった。

しかし情報は曖昧で、ふたりは何軒もの店や関係者を訪ねてまわらねばならなかった。そうした丹念な調査の結果、少しずつだが宝石のありかが見えてきたのが、今から二日ほど前だったという。

「――けれど、ジュエリーが見つかったら、高槻が独り占めする気なのはわかっていたわ。だから彼を撒くつもりだったんだけど、急いでタクシーに乗ろうとしたときにスマホを落として壊れてしまったの。それで連絡がとれなかったってわけ」

「なんだ、そうだったの。でも、さすが由香里ね。心配して損しちゃった」

栄子が茶目っ気たっぷりに言うと、由香里は首を左右した。

「ううん、ふたりが心配してくれて、すごくうれしい。ありがとう、栄子ちゃん。拓馬くんも」

「いや、俺はただ――、由香里さんが無事ならそれでいいんだ」

ともあれこれで旅の目的は達せられた。あとは東京に帰るばかりである。

だが、事態はそう単純にいかなかった。感動の再会が落ち着くと、栄子が訊ねた。

「ところで、由香里。宝石は見つかったんでしょう。こんな所で何やっているのよ」

「ええ。そのことなんだけどね――」

由香里が探していたジュエリーは、たしかに田中が所蔵していた。しかし、画家はなかなか譲ってくれようとしなかった。だが、手放すのが絶対嫌というわけでもないという。値段の問題ではなかった。

「これまでも譲ってくれという人間は何人もいたらしいの。でも、田中さんは全部断ってきた。こんな所に一人で住んでいるから、彼を偏屈だとか変わり者だとかいう人もいるわ。けど、そうじゃないのよ。そのジュエリーは、亡くなった奥さんが人から譲り受けたものらしくて、金儲けの種にされるのが嫌だったのよ」

しかし、由香里は諦めなかった。頑（かたく）なな田中を説得し、単なる金儲けではなく、自分は「必要としている人に届けたい」のだと熱弁をふるったらしい。彼女の熱心さを見て、画家も態度を軟化させはじめた。

「それでもなかなか踏ん切りが付かないようだったから、思いきって家の掃除を申し出てみたの。長いやもめ暮らしでかなり汚れているようだったし、少しでもあたしの誠意をわかってもらいたくてね」

見れば、たしかにこの日の由香里はいつもとちがっていた。長い髪を引っ詰めにして、汚れてもいいようにトレーナーとパンツスタイルだった。

そうして三人が話していると、家内から白髪の老人が姿を現した。

「何をくっちゃべっておる。仕事はまだ終わっておらんぞ」

「すみません、田中さん。ちょっと知人が訪ねてきたものですから」

由香里が弁解すると、老人は新来の男女を胡散臭そうに眺める。

「なんだ、また別の亡者が現れたか」

「いえ、彼らは――」

しかし、由香里が言いかけたところへ拓馬が割りこんだ。

「僕にも手伝わせてください。お願いします！」

「わたしもやるわ。由香里、いいでしょう？」

同時に栄子も申し出たが、田中はにべもなくはねつけた。

「ならん。こんなボロ屋を掃除するのに、二人も三人も必要ない」

たしかにこの奉仕は由香里の誠意を示すためのものであり、人手を借りて済ませればいいという性質のこととはちがう。だが、拓馬はどうしても手伝いたかった。先ほどようやく由香里の安否を確認してホッとしたとき、彼は悟ったのだ。

(俺は、由香里さんを愛している)

拓馬は田中に頭を下げた。

「何でもしますから、どうか追い払わないでください。僕は由香里さん——この女性に返せないほどの恩義があるんです。ここで彼女を見捨てて帰るなら、僕は自分を一生許せないでしょう」

青年のあまりの熱意に接し、頑固な画家の表情が少し和らいだ。あるいは、亡き妻を愛した自分の若い頃を思い出していたのかもしれない。

「そこまで言うなら、うむ——お前さん一人だけならいいだろう。ただし、せっかくの男手だ。ちょいと力仕事をやってもらうぞ」

「ありがとうございます！　何でも言いつけてください」

「拓馬くん……」

こうしてようやく拓馬は手伝いを認められ、栄子は一人で帰ることになった。

「悪いわね、由香里。手伝えなくて」

「いいのよ。ここまで来てくれただけで十分よ。ありがとう、栄子ちゃん」

「じゃあ、拓ちゃんも。頑張ってね」

「うん。気をつけて」

栄子はレンタカーに乗りこむと、自ら運転し町に戻っていった。

栄子が去ったあと、拓馬は「家に電話してくる」と断り庭に残った。予定が変わったからだ。事情を察した由香里は、「そう」とだけ言って、作業に戻った。

今こそ充希に真実を告げなければならない。スマホを持つ手が震えた。

「よし」

拓馬は自らを励ますと、充希の番号を押した。

緊張の一瞬。今日保育園は休みだ。コールが一回鳴り、二回鳴り——三回目が鳴りかけたところで充希が出た。

「拓ちゃん？　もう着いたの」

朗(ほが)らかな声だった。彼女は彼がもう東京に戻ってきたと思っているのだ。

拓馬は唾を飲んでから、思いきって言った。

「いや。じつは事情が変わって、今日中には帰れそうになくなったんだ」

彼の硬い口調に異変を感じたのだろう。充希は一瞬黙りこみ、最初より確信なさげに続けた。

「どういうこと？　真矢さんは見つからなかったの」

「見つかったよ。見つかったけど、ただ――」

「ただ、何よ。明日は日曜日でしょ。約束したじゃない」

さすがの充希も棘を帯びた口調になってくる。すべてはこれまで拓馬が答えを引き延ばしてきたせいだ。彼は罪悪感と闘いながら口を開いた。

「ごめん。俺、明日はいっしょに行けない」

言葉は電波に乗り、鋭い槍となって充希を貫いた。日頃は穏やかな彼女だが、彼の手酷い裏切りに遭い、怒りをあらわにした。

「馬鹿言わないで！　両親に何て言えばいいのよ」

「すまない。帰れない事情があるんだ。聞いてくれ――」

それから拓馬は幻のジュエリーと田中氏の件を説明した。だが、それで充希が納得するわけもない。

「そんなのあなたに関係ないじゃない。その女が勝手にやればいいことだわ。義理だの何だのだって、もう十分果たしたはずよ」

理屈から言えば、たしかに彼女の言うとおりだ。拓馬としては平謝りするしかない。

「充ちゃんには本当にすまないと思っている。申し訳ない」

「だったら、今すぐ帰ってきなさいよ」

「ちがうんだ。俺が言いたいのは、つまりその……」

別れを告げるべきなのはわかっているが、おいそれと口に出せるわけもない。恩義と言うなら、彼は充希に対しても、大きな愛情の負債があった。公園のベンチで初めて彼女と出会った日のことが思い出された。

かたや充希も心の片隅では、こうなることを予想していたのだろう。拓馬が由香里を探しに家を出て行ったとき、すでにふたりの距離は隔たりつつあったのだ。

「あなたを信じていたのに……、見損なったわ」

「ごめん。俺、由香里さんの力になりたいんだ」

「つまりそれって――」

そのあとは言葉にならない。とうとう充希は泣きだしてしまった。思いがけない愁嘆場に、スマホを握り締めた拓馬の手が白くなる。

胸が詰まるが、グッと堪える。悪いのは自分だ。彼が由香里を選んだのだ。それはすなわち充希を捨てることになる。

「本当にごめん。ここでの件が片付いたら、家に帰るよ。それから俺たちのことは改めて話そう」

「もう話すことなんてないわ」

「いや、しかし――」

「いいって言ってるのよ。そっちで勝手にジュエリーでも何でも追っかけてたらいいじゃない。もう帰ってこなくても結構よ！」

充希はそれだけを言い捨てると、一方的に電話を切ってしまった。

通話が切れてからも、拓馬はしばらく呆然とスマホを見つめたままだった。ついに言ってしまった。選んだことで気持ちの一部は解放されたが、罪悪感はいまも根深く巣くったままだった。突然のことで充希が感情的になるのは当然だ。東京に帰ったら、やはりもう一度きちんと話しあう必要があるだろう。

それから拓馬も作業に加わり、由香里とふたりで古民家の掃除にかかった。田中の家には掃除機などといった文明の利器は一切なく、すべて手作業のためかなりの重労働であった。

また、宣言通り田中は拓馬に別の力仕事を与えた。薪割りだ。これから冬を迎えるこの時期、薪は大量に必要とされた。経験のない拓馬に対し、最初は田中がやり方を教えてくれたが、あとは自分でやるよう言い残すと、町へ出かけてしまった。

ひと通り仕事が終わったのは、すっかり日が暮れた頃だった。家屋の外観は相変わらずボロいが、室内は見違えるほどきれいになっていた。

「ふん。都会もんが口先だけかと思ったが、まあまあ見られるくらいにはなったな」

帰宅した老画家の口ぶりは相変わらず手厳しかったが、態度や表情に変化が窺えた。由香里や拓馬の誠意が伝わったようだ。そして約束通り、ジュエリーは適正な価格で譲って貰えることになり、拓馬と由香里は礼を言って田中家を辞した。

「やりましたね」

「ええ。拓馬くんのおかげよ。本当にありがとう」

ふたりは互いの苦労を称え合いながら、由香里が乗ってきたレンタカーへ向かった。車は人気のない農道に駐車してあった。一日働きづめだった彼女を気遣い、拓馬が運転席側に乗りこむ。

「ふうーっ。こんなに働いたのは久しぶりだなあ。けど、たまには体を動かすのもいいものですね」

彼はホッと息をついて、イグニッションに鍵を挿し、エンジンをかける。

すると、助手席の由香里が彼の腕を取った。

「ここまであたしを追ってきてくれたのね。ありがとう」

「いや……。そんな、当然ですよ」

膝をついた由香里の瞳が、まっすぐに彼を見つめていた。それはこれまで拓馬が見たことがないような純粋な光を放っていた。

「さっきは栄子ちゃんもいたから言えなかったけど、あたしね——拓馬くんがいるのを見て、とってもとってもうれしかったのよ。こんなあたしみたいな女に……。イヤだ、あたしどうしちゃったんだろう」

長いまつげをはためかせながら、彼女の黒い瞳が潤んでいく。

涙など見せない女だと思っていた。拓馬は胸を衝かれる。

「由香里さん、俺……俺は……」

言葉にならず、気づくと拓馬は由香里の体を抱きしめていた。

「心配させて、ごめんね」

「いいんだ」

田舎の夜は虫の声に包まれていた。街灯もあまりなく、人通りの途絶えた農道は文明社会から隔絶されているようだ。

由香里はゆっくりと体を離し、彼を見つめる。

「拓馬くん――」

力仕事をするために引っ詰め髪をした由香里も美しかった。一分の隙もない普段の姿より、かえって生身の彼女を感じられるようだ。栄子から生い立ちを耳にしていた分、拓馬は余計にそう思った。

「由香里さん、会いたかったよ」

「あたしも」

自然と唇が重なり、相手の舌を求めあう。

キスは長く続いた。口中を貪る唾液の音が、ふたりの昂ぶりを表わしていた。

「ああ、拓馬……ちゅろっ」

由香里は声を震わせながら、何度も顔の角度を変えては唇を重ねる。

拓馬はその甘い息を吸い、自分も舌を差し入れた。

「ふぁう……れろっ、ちゅぽっ」

体が熱くなってきた。彼は夢中で舌を貪りつつ、彼女の背中をまさぐりだした。

「んっ……」

敏感に反応する由香里。トレーナー越しに彼女の肌も熱を帯びているのがわかる。

だが、彼女はふと体を離して言った。

「ここじゃ狭苦しいわ。後ろに移りましょう」

レンタカーはワンボックスタイプで、背もたれを倒すと楽に後部席まで移動することができた。由香里は目的を果たし興奮しているようだった。一方、拓馬はまだ充希とのことが心に重くのしかかっている。

「どうしたの。こっちにいらっしゃい」

しかし、バックシートで誘う美熟女の姿に彼は愛情と欲望を新たにする。

「由香里さんっ」

拓馬は女の体に飛びこみ、トレーナーをまくり上げる。ブラをめくると、左の乳房の麓(ふもと)には、例の小さなホクロがあった。銀座のクラブで彼女に初めて出会ったとき、目にして脳裏に焼きついた象徴(しるし)であった。

たまらず彼は膨らみに唇を寄せた。ホクロの上にキスマークを残そうとするように、音をたてて吸いついたのだ。

「ああっ、拓馬くんったら――」

すると、由香里はたしなめるようなことを言いながら、彼の頭を胸にかき抱く。

「そんなにチュウチュウ吸って、赤ちゃんみたいだわ……あふうっ」

「だって俺……、あああ、由香里さぁん」

女の甘い香りに包まれ、拓馬は柔らかな枕に顔を埋めた。

「ハアッ、ハアッ。ちゅぱっ、むふうっ」

下半身はすでに痛いほど勃起している。彼女がスカートではなくズボンなのがもどかしい。

そのとき由香里がふと彼の手を止めさせた。

「待って。脱ぐわ」

どうやら気持ちは同じだったようだ。いったん体を離すと、彼女はそそくさとトレーナーを首から抜き、ベージュのパンツも脱ぎはじめる。

拓馬も同じことをした。興奮に駆られながら、狭い車内で服を脱いでいった。

気づくと、ふたりは一糸まとわぬ姿になっていた。車内灯は消している。誰かが近くを通らなければ、気付かれることはないだろう。そしてその可能性は低かった。

薄暗い車内で裸身を晒した熟女は妖艶だった。双丘は誇らしげにぷるんと佇み、女らしい曲線を描く下腹部は恥毛が影になり、男の食欲をそそった。

「きて、拓馬」

由香里はすべてを晒し、彼に両手を差し伸べてくる。

「由香里さん、きれいだ……」

拓馬は言うと、逸物をいきり立たせて近づいていく。もう何度となく体を重ねてきたはずが、まるで初めて彼女を見るようだった。

やがて肌と肌が触れあい、互いの体温を感じながら、彼らは重なるようにしてシートの上に横たわる。

下になった由香里が言った。

「あなたの好きにしていいのよ」

「本当に？……ああ、俺の由香里」

拓馬は彼女を呼び捨てにし、ピンク色の尖りに吸いついた。

「ちゅぱっ、んぱっ。ふうっ、由香里いっ」

「ああっ、いいわ。もっと吸って」

愛撫を受けて由香里は身じろぎしながら息を弾ませる。

拓馬は夢中で乳首を吸った。

「みちゅ……ふぁう、やっぱり俺――ずっとこうしていたい」

一瞬でも彼女と別れようと思ったことが悔やまれた。別れられるはずもなかった。

年上の女は最初から彼の導きであり、尽きせぬ悦びの源だったのだ。

「あんっ、拓馬。今日は激しいのね……」

艶っぽい声で煽るようなことを言いながら、彼女もまた彼の髪の根をかき乱し、肩や二の腕を撫でては青年の筋張った肉体の感触を確かめていた。

「ねえ、こっちにきて」

しまいに堪えきれなくなったのか、由香里は両手で彼の顔を上げさせ、ふたたびキスを求めてくる。

拓馬としても望むところであった。舌はねっとりと絡みあい、盛んに唾液が交換された。狭苦しい車のなかで、男女の忙しない呼吸と、ぴちゃぴちゃと湿った音が鳴る。

やがて由香里の手が股間に伸びてきた。

「ううう……」

太茎に指が巻きつく感触に拓馬は呻く。

由香里は容赦なく扱きはじめた。

「うふうっ、これ……。こんなにカチカチになって」

「うはあっ、由香里さんっ。そんなに激しくされたら、俺っ……」

拓馬はキスをしていられなくなり、覆い被さった状態で身を震わせる。

熟女のトロンとした目が彼を見上げていた。

「おつゆがいっぱい出てきたわ。オチ×チン、気持ちいい？」

「もちろん……ううっ。ああ、俺も——」

手扱きの愉悦を味わいながら、拓馬も彼女の割れ目に手を差し入れる。

媚肉はすでに大量の牝汁をこぼしていた。

「あっふ……拓馬くんの手つき。ああん、上手になってるみたい」

由香里は快感に喘ぎつつも、彼の成長をたたえた。ウットリとした表情を浮かべ、悩ましく眉根を寄せて悦びの声をあげる。

「ハアッ、ハアッ、おおお……」

「あっふ、んああっ、イイッ」

互いの秘部を慰めあい、ふたりは熱い吐息を相手に浴びせた。劣情の炎は高く燃え上がり、このまま果ててもおかしくなかった。

「うぐっ……もう我慢できないよ」

先に拓馬が堪えかねて、愛撫の手から逃れるように身を離す。だが、もちろん行為をやめたいわけではない。

「あんっ」

手から肉棒を失い、由香里は残念そうな声を漏らした。

その間に彼は熟女の脚を開かせ、股間に潜りこんでいた。

「由香里のオマ×コ……」

「拓馬。いっぱい舐めてくれる？　ペロペロしてくれる？」

「ああ。この匂い——すうーっ。忘れられなかった」

ぬらつく媚肉を前にして、拓馬は胸いっぱいに息を吸った。生々しい牝の匂い。花弁は捩れ、男の愛撫を待ち構えていた。

「由香里。食べてしまいたいよ」

彼は口走ると、割れ目にむしゃぶりついた。

「じゅぱっ、んろっ。あああ、由香里のオマ×コ」

「あふうっ、ああっ……いいわ、拓馬っ」

由香里は喘ぎ、仰向けの姿勢で身を反らす。投げ出されていた脚はかるく膝を立て、太腿で彼の頭を挟みこむようにした。

拓馬は夢中で舌を伸ばし、あふれるジュースを啜り舐めた。

「べちょろっ、ちゅるっ」

そうして口舌奉仕しながらも、逸物は痛いほど勃起していた。

由香里が快楽に身を震わせる。

「んあああっ、イイッ。拓馬あっ」

「由香里いっ、由香里さんっ」

彼女の出張で会えなかった数週間、拓馬は三角関係を見つめ直すちょうどいい機会だと考えた。由香里がこのまま自分から離れていくのなら、それも仕方のないことだと思ってみたりもした。栄子にも話したように、結局のところ彼はどちらとも決められなかったのだ。だがいまや、彼の思いは由香里だけに向けられていた。

「ぷはあっ……。由香里、俺もう我慢できないよ」

股間から顔を上げた拓馬は、彼女の上に覆い被さっていく。

「いいわ。あたしも拓馬が欲しいの。いらっしゃい」

由香里は蕩けた表情を浮かべ、両手を差し伸べて彼を迎える。

四十路の爛熟した肉体が誘っていた。拓馬はその女体の海に飛びこんだ。

「ああ、俺、由香里さんが好きだっ」

怒張が花弁を分け入り、蜜壺を貫く。

由香里の体が踊った。

「あっふう、きた……」

媚肉は湿って温かく、太茎をしんねりと包みこんでいた。根元まで突き入れた拓馬は、しばらくのあいだ挿入の感触に浸っていた。

「あああ、これだ――」

「拓馬のが、あたしの中でヒクヒクしているわ」

由香里も悦びに顔を輝かせている。髪がほつれ、汗ばむ額に貼りついていた。

「ふうっ、ふうっ」

「ん。拓馬――」

潤んだ瞳が彼を見上げていた。ぽってりした唇が、もの問いたげに開いている。うなじは上気し、双丘は呼吸するたび上下していた。

「愛しているわ、拓馬」

囁くような声は、口から昇った瞬間に消えてしまいそうだった。海千山千の彼女には似つかわしくないほどか細く、おそるおそる口に出してみたという感じだった。

だが、そのひと言に、拓馬は銃弾（じゅうだん）が心臓を貫いたほどの衝撃を覚えた。由香里とは何度となく体を重ねてきたが、彼女はこれまで一度も「愛している」と言うことはなかったのだ。

「由香里っ、俺も……あああ、愛してるよ」

激情に駆られ、彼は腰を振りたてた。

とたんに由香里も喘ぎはじめる。

「あはあっ、イイッ。すごいわ、拓馬あっ」

「ハアッ、ハアッ、由香里いっ」

抽送は激しく、結合部はぬちゃくちゃと湿った音をたてた。媚肉に包まれた肉棒はいやが上にもいきり立ち、蜜壺の壁を抉り、雁首で襞を掻いた。

「あっふう、そこっ。んあああっ、感じちゃう」

かたや由香里も盛んに息を切らし、胸を迫り上げるようにして愉悦を訴えた。彼女の両手は彼の太腿を這い上り、下腹を愛おしげに撫でまわす。

「あんっ、あああっ、んふうっ、イイイッ」

「つくはあっ、ハアッ、ぬぐっ……おおお」

正常位のリズムは快調だった。蜜壺はたぐり込むように肉棒を吸いついてきた。拓馬は悦楽に浸りつつ、一心に腰を突き入れ、また引いた。

「ああ、素敵よ。拓馬——」

由香里もこのリズムに酔い痴れているようだった。男の抽送を受け入れながら、自分も尻を蠢かし、より多くの快楽を求めようとした。

互いに与え、求めあう。悦びはあまりに深く、強烈であった。

「うああああっ、由香里いっ」

たまらず拓馬は身を伏せて、体を密着させる。五感のすべてが彼女を欲していた。

すると、由香里が彼の唇を求めてきた。

「拓馬。あああ、あたしの男――」

すぐに貪欲な舌が相手の口中に這いこみ、互いに絡みつく。

「れろっ、ちゅぱっ、むふうっ」

「ふぁう、あああ、俺の由香里……」

ふたりはまるで相手と溶け合いたいとでもいうようにきつく抱きあい、舌を深く差し入れては呼吸も忘れ、唾液を交換していた。

だが、それも長くは続かない。

「ぷはあっ、あたしもうダメ。好きよ、拓馬」

由香里は言うと、おもむろに体を起こした。意図は彼にもすぐ伝わった。ふたりは座席の上でもぞもぞと体を動かし、繋がったまま拓馬が仰向けになる。

気づくと、由香里が上になっていた。

「今度はあたしの番よ」

彼女は上半身を起こし、騎乗位のかたちをとった。

仰向けの拓馬は、惚れ惚れと美熟女の肢体を見上げる。

「ここ何週間か、ずっと由香里のことを考えていた。このままどこか遠くへ行っちゃうんじゃないかって、寂しくて、不安で仕方なかったんだ」

胸の内が震え、無意識に思いが口をついてあふれてくる。

彼のまっすぐな言葉に、由香里も心が衝き動かされたようだった。

「バカね。あなたを置いて、あたしがどこへ行くというの。あたしのほうこそ、ああ……拓馬、あなたを失うのがずっと怖かったわ」

誰よりも美しく、成熟した大人の彼女から、そんな言葉が出てくるとは思いもよらなかった。拓馬の胸が幸福で溢れかえる。

「由香里さん、俺――」

「拓馬」

視線が熱く絡みあい、募る思いがひとつになった。

そして由香里は尻をグラインドさせはじめた。

「ああああっ、んふうっ」

「ぬおおおっ」

愉悦に襲われ、拓馬は呻く。肉棒はこれ以上ないほどにいきり立ち、蜜壺のなかで盛んに先走りを吐いていた。

豊満な熟女の体が上下する。

「あっふ、んあああっ、イイッ、いいわ」

由香里は体を弾ませ、ぬめる媚肉で太竿を吸いたてた。しとどにあふれる牝汁は結合部で泡立ち、内腿に白い糸となって滴り落ちる。

「うあああ、由香里っ……オマ×コが……っくう」

もはやこれ以上は堪えられそうもなかった。太茎は無数の襞に擦られ、ぬめりに煽られて、今にも果ててしまいそうだ。

しかし、由香里はさらにグラインドを激しくしてきた。

「んはあっ、はひいっ……ああん、拓馬あああっ」

それは彼女自身も昇り詰めつつあったからだ。由香里は乳房を揺らし、上下に尻を打ち据えながらも、前後の動きを加えてきた。

「んんっふ、イイッ、ああん、あたしもイキそう」

「イッて……ぬあっ、激しいよ。由香里っ」

「拓馬っ、いっしょにイこう。ふたりで——あああっ」

いまや由香里は媚肉を擦りつけるようにして、ラストスパートをかけてきた。周囲に誰もいないのをいいことに、なりふり構わず乱れ喘ぎ声をあげていた。

「んあああっ、イクうっ、イッちゃううううっ」

蠕動が肉棒を翻弄する。たまらず拓馬は射精した。

「うはあああっ、出るっ……！」

びゅるっと勢いよく白濁が飛び出した。それでも由香里は止まらない。

「イイッ、拓馬っ。イクうっ、イクうううーっ！」

最後は身を伏せるようにして、彼女は絶頂を貪った。目を瞑り、顎を反らして彼の体にしがみつく。

「はひいっ、イイイッ……」

嬌声をあげ、下腹を震わせながら、徐々に腰の動きは緩んでいく。

そして、ついに宴は幕を閉じた。由香里の体がぐったりとする。

「イッちゃった」

「うん。すごかった」

しばらくふたりは抱きあったまま、絶頂の余韻を味わっていた。由香里の恥毛は濡れて束になり、股間からは混じりあった欲汁が噴きこぼれていた。

それから彼らは服を着直し、町まで戻った。すでに夜も遅く、最終便に間に合わないため、その夜はビジネスホテルに宿泊することにした。そして翌朝、拓馬と由香里は揃って新幹線で帰路に就いたのだった。

拓馬の足取りは重かった。自宅アパートが近づくにつれて気が塞ぎ、動悸が激しくなっていく。充希の悲しむ顔を見たくはなかった。だが、自分自身が選んだ道だ。遅かれ早かれ直面しなければならない。

「ふうーっ」

玄関前で彼は息を吐き、気持ちを整える。いつものごとくインターホンを鳴らしかけたが、迷った末、ドアノブに手をかけた。鍵は開いている。

「ただいま……」

帰宅したのは昼だったが、家の中は薄暗く感じられた。物音もしない。
充希は不在なのだろうか。拓馬は靴を脱ぎ、リビングの引戸を開ける。
すると、そこに充希はいた。テレビも点けず、膝に毛布を抱えたまま、ボンヤリと座っていたのだ。彼の気配を感じても、こちらを向こうともしない。

「充ちゃん──」

その打ちひしがれたようすに拓馬の胸は痛んだ。本当なら今頃はいっしょに実家へ行っているはずであった。

だが、今こそはっきりさせなくてはならない。拓馬は彼女の前に膝をついた。

「これまで騙していて申し訳ない。俺と別れてくれ」

彼はひれ伏し、頭を床に擦りつけて言った。

すると、充希の虚ろな声が聞こえた。

「バカみたい……」

声は震え、消え入りそうだった。ハッとして拓馬が顔を上げると、充希は一瞬彼を恨みがましい目で見つめたが、すぐに視線を外し泣き出してしまった。

「本当にごめん。全部俺が悪いんだ」

身も世もない泣きようだ。拓馬は胸が痛みつつ、ひたすら謝ることしかできない。

しかし、ひとしきり泣くと、充希も少し落ち着きを取り戻したようだった。

「あれからね、わたしもいろいろと考えたの」

ようやく話しはじめてくれて、拓馬もホッとする。延々泣かれるくらいなら、罵倒されるほうがましだ。

だが、彼女は恨み言を連ねるような女ではなかった。

「拓くんもわかっていると思うけど、わたしが望んでいたのは、うちの両親みたいな安定した平穏な家庭を築くことだった。あなたとなら、それができると信じていたの。けど——拓くん。あなたはちがったのね」

充希は目に泣き腫らした跡を残しつつも、いまやまっすぐに彼を見つめている。

拓馬も正直に話すしかなかった。

「充ちゃんと出会ってから、俺も幸せだった。それは本当だよ。このままずっといっしょにいたいと思った。前の会社が潰れたときも、充ちゃんは落ちこむ俺を支えてくれた。だから転職するときは、飛びこみセールスなんかより安定した仕事に就こうと思って——」

「でも、それが間違いだったのね」

「あ、いや……」

「ううん、気づいていたわ。転職してからのあなたは、どこか物足りないみたいだったわ。ときどきボンヤリしていて、そんなあなたを見ると、どうしようもなく不安だった。それでわたしも焦ってしまったのね。乗り気じゃない拓くんを無理矢理実家に連れていこうとしたりして」

充希は表に出さずとも、彼の変化に気づいていたというのだ。おそらく由香里とのことも、確信は持てないまでも、女の勘で薄々感づいていたのだろう。

「本当にごめん。これまでいろいろとありがとう」

もはやこれ以上語りあうこともなかった。結局のところ、最初からふたりは添い遂げる運命ではなかったということだ。恋の情熱が燃え盛っているときは、お互いの価値観の違いに気づこうとしていなかっただけであった。

こうして拓馬と充希の半年余りにおよぶ関係は終わりを告げた。


それから三か月後。拓馬はキッチンで料理をしていた。オーブンの付いたキッチンは使い勝手がよく、この日彼は覚えたての羊肉とポテトを使ったパイ料理に挑戦していた。

マッシュポテトと肉を練り込んだパイをオーブンに入れて火をおこすと、すぐに香ばしい匂いが立ちこめてくる。

「これでよし、と」

彼がいるアパートの部屋は、通りを見下ろす二階にあった。建物自体はかなり古いが、室内の設備は最新の物が取りそろえられている。リビングはダイニングと兼用で広く、そのほかにベッドルームがあった。

時刻は午後五時を回ったところだ。外はすでに暮れかかっており、通りでは寒そうに外套の襟を掻き合わせた人々が急ぎ足に歩いている。しかし、室内はセントラルヒーティングで暖められているため、拓馬は薄手のセーターだけで平気だった。

やがて玄関の鍵を開ける音がして、足音が聞こえてくる。

「お帰り」

拓馬が声をかけると、彼女はキッチンへ来るなり背後から抱きついてきた。

「ただいま。うーっ、寒かったぁ」

「すぐにパイが焼けるから、着替えてきなよ」

彼は首だけを回し、お帰りのキスをする。触れた唇は冷え切っていた。

「うん、そうするね。拓馬」

由香里は言うと、腕をほどき、そそくさとベッドルームに向かった。

別れ話のあと、充希はアパートを出て実家に帰っていった。それきり彼女とは会っていない。だが風の噂によると、新しい出会いがあったようだ。相手は消防士らしい。

拓馬は充希の幸せを願った。

こうして同棲を解消し、しばらくしてから拓馬は会社を辞めた。アパートも引き払い、由香里を追ってロンドンに来たのが、一か月半ほど前のことであった。

まもなく楽な服に着替えた由香里がキッチンに戻ってきた。ルームウェアといってもそこは彼女のことだ。野暮ったいスウェットなどではなく、セクシーなシルク地のパジャマだった。はだけたシャツの内側は、肩が丸出しのキャミソールというスタイルであった。

「今日ね、とても良い情報をつかんだの。北部のノッティンガムでいい出物があるらしいって」

彼女はうれしそうに語りながら、用意されたボウルにサラダを盛りはじめる。

拓馬はオーブンのようすを見ながら答えた。

「へえ。それはよかった――っと、もう少しだな」

「拓馬のほうはどうだったの」

「俺？　うん、昼間は学校に行って、午後はうちで勉強。いつも通りだよ」

「少しは喋れるようになった？」

「うーん、どうかな。まあ、買い物くらいはできるようになったけど」

急遽イギリスにやってきた拓馬は、現在日本人学校で英語を学んでいる最中だった。

また、それとは別に独学で経営学を勉強している。いつかふたりでジュエリーを扱う会社を興すのが共通の夢なのだ。

ともあれ彼の料理の腕は上がっていた。初めて作ったシェパーズパイも、由香里は美味しいと言ってきれいに平らげた。

夕食を終えると、ふたりはベッドに入った。拓馬もパジャマに着替え、枕を背もたれにして参考書を読んでいた。今のところ、収入はすべて由香里に頼っている状態であった。一日でも早く彼女の役に立ちたい。おのずと学ぶ姿勢も真剣にならざるを得なかった。

ところが、そこへ由香里がちょっかいをかけてくる。

「ねえ、拓馬。こっち向いて」

肩を揺さぶられ、参考書の文字がぐらつく。だが、拓馬は本に目を落としたままだった。

「うう……、やめてくれよ。いま、大事なところなんだ」

柔らかく諭すが、由香里は承知しない。

「ねーえ。もう、拓馬のイジワル」

彼女は言いながら、体を擦り寄せてくる。腕に熟した膨らみが押しつけられては、拓馬もこれ以上参考書に集中するのは無理だった。

「つたく、由香里は。こいつめ——」

彼は本を放り出し、由香里にのしかかるようにして脇腹をくすぐった。

「きゃっ、やめて。くすぐったいじゃない」

「やめるもんか。ちょっかいかけてきたのは、そっちじゃないか」

「じゃあ、あたしもお返しよ」

それからベッドの上でくすぐりっこが始まった。由香里は嬌声をあげ、拓馬も笑い声をたてる。

由香里は日本にいたときと少し変わったようだ。とくに拓馬に対する態度が変わったようだった。日本では経験のある大人として、あくまで彼を導く立場にあったが、イギリスに来てからは積極的に甘えるようになった。それだけ彼を一人前の男として認めるようになったのだろう。

ふざけ合いはやがて淫靡な意味を持ちはじめる。くすぐりっこは愛撫に変わり、しまいには互いに服を脱がせあっていた。

「由香里。エッチなおつゆが出てきたよ。舐めていい？」

「ん。舐めて」

全裸の由香里は股を大きく開き、拓馬は割れ目に鼻面を押しつけた。

「ちゅばっ、るろっ。んー、美味しい」

「あんっ、拓馬の舌遣いエッチね」

「ああ、ずっとこうしていたいよ」

拓馬は夢中でジュースを飲み、舌先で肉芽をくすぐった。濡れそぼった媚肉からぷんと牝の匂いがした。

「あっ、あああっ、いいわ。もっと」

由香里は快楽にウットリとなり、ときおりビクンと身を震わせる。表情は蕩け、全身から悦びを発散している。

「ああ、俺の由香里――」

頭上に喘ぎを聞きながら、拓馬の舌遣いも切迫感を増してくる。包皮に口づけし、唇を震わせながら肉芽を啜った。

「びじゅるるっ、じゅぱっ」

「はううっ、ダメっ。イクッ、イイイーッ」

由香里は切ない喘ぎ声をあげて絶頂した。

しかし、拓馬は口舌奉仕をやめようとしない。

「はううっ、拓馬。ダメ、待って……」

絶頂で敏感になった彼女は愛撫から逃れようとした。

拓馬も承知だ。彼は股間から這い上り、お腹を経て乳房の膨らみをめぐると、彼女の上に覆い被さっていた。

「愛してるよ、由香里」

「あたしも。愛してるわ」

見つめあったふたりは熱烈なキスを交わす。その間にも拓馬は怒張の先で割れ目をまさぐり、入口を見つけるとぐっと腰を入れた。

「ほうっ……」

「ああっ……」

牡器と牝器が重なりあい、男女の口からため息が漏れる。

拓馬は顔を上げると、太腿を脇に抱え、抽送を繰りだしていった。

「ハアッ、ハアッ」

「あんっ、あああっ」

すると、由香里もすぐさま反応した。浅い息を吐きながら、悦楽に身を委ね、ウットリとした表情を浮かべる。

「外にいるあいだも、ずっとあなたのことを考えていたわ」

「俺もだよ。由香里が帰るのを待ちきれなかった」

「会いたかったわ、拓馬」

「由香里。おおおっ……」

イギリスでいっしょに住むようになってから、彼らはもう数え切れないほど体を重ねてきたが、互いに飽くことを知らなかった。毎日が新しい驚きに満ちており、相手に感じる欲望は日ごとに募る一方だった。

「んあああっ、拓馬あっ」

不意に由香里が身を仰け反らし、彼の腰に両脚を絡みつけてくる。

反動で肉棒はさらに奥に突きこまれた。

「ううううっ」

「あんっ、お願い。もっと奥まで突いて」

「つくう、由香里いっ——」

快感に身悶えながらも、拓馬は彼女の要求に応えようとした。ベッドの上の両足をぐっと踏ん張るようにして、由香里の下半身ごと持ち上げたのだ。

「うおおおっ……」

「んふうっ、素敵よ。拓馬」

気づくと、マングリ返しのような体勢になっていた。彼女の尻は天井を向いて宙に浮き、斜め上から拓馬がのしかかって肉棒を叩きつける。

「うはあっ、ハアッ、ハアッ。おおおっ」

「はひぃっ、イイッ、あふうっ、すごぉぃぃぃ」

身体を折り曲げた由香里はくぐもった声で喘ぎ悶える。

拓馬は彼女の足首を押さえながら、懸命に腰を穿った。

「ううう っ、締まる……。由香里っ、由香里いっ」

腰を打ち下ろすたび、ぬちゃくちゃと湿った音が鳴った。彼は愛する人のよがり顔を見つめ、自分の選択が間違っていなかったことを再認識する。

「んあああっ、奥に……奥に感じるの。あたしもう──」

眉根を寄せて見上げる熟女は官能的だった。由香里は奔放に快楽を貪る女だった。だが、同時に愛情深い女でもあった。出会った当初から彼の可能性を信じ、ここに至るまで道を指し示し、導いてくれたのだ。

「あああ、由香里──」

拓馬が押さえていた足首を離すと、おのずとまた正常位になった。

由香里は顔を上気させ、両手で彼の頬を引き寄せた。

「あたしの拓馬。あなたがいれば、ほかに何も要らないわ」

彼女は言うと、唇を重ねてきた。

ひとしきりキスを交わし、拓馬も囁く。

「俺も同じさ。由香里がいるところならどこだって——」

しかし、言葉は途中で絶えてしまう。それ以上に思いがあふれ、無意識のうちに腰が動きだしたのだ。

「うあああっ、由香里いいいっ」

抽送は止まらない。張り詰めた肉棒は、蜜壺のなかでぬめりに包まれ、肉襞に擦られるたびに溶け入ってしまいそうだった。

由香里も悦びに全身をわななかせる。

「んああっ、イイーッ、イクうっ、イッちゃううううっ」

「イクよ。俺も……うはあっ、出すよ」

「きてっ。あたしもう——んああっ、あああっ、拓馬あっ」

由香里は息も絶え絶えに喘ぎつつ、自らも下から腰を突き上げてくる。

陰嚢から熱い塊が押し上げてくる。肉棒は白濁を解き放った。

「出るっ！」

「あひいっ……イク……拓馬あああっ！」

射精とほぼ同時に彼女もアクメを訴えた。ガクガクと身を震わせ、彼の背中に爪を立てながら、由香里は最後の一滴までを搾り取ろうとした。

「うはあっ」

「うふうっ」

きらめく一瞬は過ぎ、鈍い愉悦の余韻がふたりを包んでいく。抽送は速度を落としながら徐々に収まっていった。やがて拓馬はゆっくりと彼女の上から退く。由香里は呼吸を荒らげながら、ぐったりと横たわったままだった。

「由香里」

添い寝した彼が呼びかけると、由香里は上気した顔に笑みを浮かべる。

「拓馬。あたし幸せ」

彼女は首を伸ばしてキスをした。来週は、ふたりでノッティンガムへ旅に出かける予定だ。拓馬も少しずつだが、宝飾品の魅力を覚えはじめていた。十年後、ふたりの関係がどうなっているかはわからない。だが、今の彼には由香里がすべてだった。拓馬は幸せだった。

（了）

※本作品はフィクションです。作品内に登場する
団体、人物、地域等は実在のものとは関係ありません。

癒やし女と昂ぶり女
〈書き下ろし長編官能小説〉
2024年4月29日初版第一刷発行

著者……………………………………………伊吹功二
デザイン………………………………………小林厚二
発行……………………………………株式会社竹書房
〒102-0075　東京都千代田区三番町8-1
三番町東急ビル6F
email：info@takeshobo.co.jp
竹書房ホームページ……https://www.takeshobo.co.jp
印刷所………………………………中央精版印刷株式会社

■定価はカバーに表示してあります。
■落丁・乱丁があった場合は、furyo@takeshobo.co.jp まで、メールにてお問い合わせください。